도산서원 가는 길

도산서원 가는 길

退溪로의 명상기행

김 석

도산서원 가는 길

지 은 이 / 김　　석
발 행 인 / 김 윤 태
편 집 인 / 이 정 균
발 행 처 / 도서출판 善

등록번호 / 15-201
등록날짜 / 1995. 3. 27

초판 제 1쇄 인쇄　2003. 6. 20
초판 제 1쇄 발행　2003. 6. 25

주　　　소 / 서울시 종로구 낙원동 111-3
　　　　　　청자빌딩 405호
전　　　화 / 762-3335
팩　　　스 / 762-3371

책　　　값 / **15,000원**

ISBN　89-86509-32-6　03810

글을 올리면서

『됨』과 『모심』에서 출발하여 『우러름』과 『다움』으로 살아가셨던 퇴계退溪의 삶을 주제로 명상기행이라 제題하고 글을 쓴 지가 십 년이 지났습니다. 내가 퇴계를 만난 것은 참으로 우연함에서의 출발이었습니다. 그것은 수석壽石을 만나기 위해 충청忠淸의 땅 단양丹陽을 찾은 것이 그 동기였습니다.

퇴계 선생은 충청의 외진 이곳, 단양에서 군수로 8개월 계신 적이 있었습니다. 관청의 논과 밭에서 거둔 것은 수장首長의 소유가 당시의 관례였지만 선생의 형 해瀣가 충청감사로 부임하자 밭에서 거둔 삼대麻마저도 사양하며 새로운 임지 풍기의 군수로 떠나셨습니다. 그러나 돌 두 점만은 가지고 가셨다는 것은 수석인의 귀띔이었습니다.

그후 나는 '出入에서의 의義와 教學에서의 경敬'으로 절제하셨던 선생의 삶 속으로 나도 모르게 빠져들어 오늘에 이르렀습니다. 또한 퇴계가 두 번의 상처喪妻 후 단양의 관기 두향과 나눈 아름다운 사랑법을, 그리고 제자들과 주고받은 편지를 보면서 퇴계의 몸가짐과 마음가짐에 더욱 매료되기 시작하였습니다. 계속 퇴계에 관한 책들을 모으고 읽었으며, 선생이 태어나신 경북 안동 일원의 온혜리의 태실胎室, 종가宗家, 도산서원과 청량산, 소수서원 등 선생이 생전에 거쳐가셨던 곳의 순례를 지금까지 멈추지 않고 있습니다. 그래서 명상기행이라 이름한 이 책의 시들은 내가 『퇴계의 앎과 삶과 참』의 여정에서 보고 듣고 느낀 것을 쓴 것입니다.

선생을 공부하면서 나는 많은 것을 깨닫게 되었습니다. 그중 예를 하나 든다면 나부터 변화되어야함의 중요성이었습니다. 이것을 남과 북이 대좌對坐하는 경우에 맞춰보겠습니다. 민족의 가장 큰 문제인 통일의 경우 먼저 남측은 '남북'이라는 호칭을 '북과 남'이라는 표현으로, 북측 또한 억센 말투의 '북남'이 아닌 '남과 북'으로 호칭하는 말씀의 법부터 익혀야 한다고 생각하게 되었습니다. 아울러 통일이라는 약간은 무력적인 용어보다는 새가 날이 저물면 저절로 돌아오는 둥지의 개념인 귀일歸一을 쓸 것을 작은 목소리로나마 제언하여 둡니다. 이것은 남과 북의 분단 역시 퇴계가 지향했던 삶처럼 너를 우러름으로 보고 대할 때 우수 뒤의 임진강의 물처럼 풀릴 수 있으리라는 영감靈感을 나에게 주었기 때문입니다. 그리고 북과 남이 본래심本來心으로 돌아가는 날이 오면 퇴계의 이 우러름으로의 앎과 삶의 법이 우리를 하나되게 하는 교육의 큰 축이 되었으면 하고 나는 소망합니다.

이렇게 우연과 단순함의 호기심에서 출발한 퇴계라는 산행은 차츰차츰 빠져 들어감으로, 퇴계라는 계곡과 봉우리의 위치를 아직 가늠하지 못하는 밤의 산길이지만 퇴계의 삶과 앎과 참의 얼이 내 얼 속에 깊이 뿌리 내리기를 소망하는 그리움으로 이 글을 썼습니다.

내가 퇴계를 공부하면서 또 시를 쓰면서 시들의 배경이 되고 있는 어원語源과 참고로 한 학자들의 견해는 뒷말에 실었습니다. 이것은 선생의 정치精緻하고 『옳깊은』 삶과 앎에 대하여 개괄적인 사상과 배경이라도 소개하여 두면 퇴계를 아는데 도움이 되리라는 간절한 마음에서입니다.

　이 책이 되기까지 조언과 교정을 도와준 주원규, 황경식 시인, 영상자료를 제공해준 안동 MBC, 내 얼의 나루터인 안동에 들릴 때마다 길벗이 되어 주었던 조영일 시인에게 감사의 말씀을 드립니다.

　기독교에 運命으로 유교가 아닌 天命의 性理 옷을 입혀보라고 격려를 하신 김흥호 목사님, 도산서원 장판각의 『善』字를 상기시키며 양서의 발간에 심혈을 쏟고 있는 「善 출판사」 김윤태 형과 선비像을 그려 준 기산 고만식 화백, 도산서원을 그린 셋째 딸 善衡이에게도 고마움을 돌립니다.

2003년 봄,
뜰의 감나무에 푸른빛이 하늘로 오르던 날
聽荒詩室에서　김 석

첫째 마당
陶山書院 가는 길

얼의 깨움과 빛의 받듦

자성록 1
– 만남의 노래

배우고 가르치는 길에 선 사람의 짐은 무겁고
그 사람이 걸어가야 할 길은 멀고도 가팔라서
말씀의 법은 부드럽고 뜻은 단단해야만 합니다

되어가야 함의 마땅함으로 나의 心地를 붙잡는 일은
하늘과 땅의 조화에서 사람됨의 나를 배우고 익히며
구름 위의 하늘 그리며 구름 아래 땅을 걸어감입니다

보이지도 잡히지도 아니하는 가파름의 이 한 길을
짐으로 받들며 걸어감이 사람으로 있음인데, 어찌
무겁고 두려움으로 사람을 공경함이 아니겠습니까

이른 가을 밤송이 속알처럼 목숨이 또르르 구르는
받쳐짐으로 떨어질 때야 비로소 놓임을 받는데, 어찌
가까운 듯이 멀고 비움으로 가득 참이 아니겠습니까

【註】論語 憲問에 있는 공자 門下의 十哲의 한 분이었으며 대학의 저자로 알려진 증자가 말한
선비에 대한 정의를 생각하며 쓴 것입니다. 증자는 소년시절부터 그의 아버지 증석과 함
께 공자를 따라다니며 힘써 공부를 한 사람입니다. 그가 끝까지 추구하였던 앎과 삶의 방
법인 학문의 태도는 孝行과 下學上達의 되어감으로의 나를 바로 알고 그 길을 붙잡아 걸
어가는 나의 사람됨과 병행하는 학문 연구의 방법이었습니다. 여기에 遠用한 논어의 본문
은 이렇습니다. '士不可以不弘毅 任重而道遠 仁以爲己任 不亦重乎 死而後已 不亦遠乎' 이
글 속에 이 시집 전체 주제가 되는 퇴계의 삶이 의지되고 있기 때문에 본문을 적어둔 것
입니다.

도산서원 가는 길

잘 자란 나무들 사이를 걸어갑니다
가지들은 하늘 위에서 살고 있습니다
도산서원 처음으로 찾아가는 길
가지들은 잘 익은 가을 말씀을
하늘에서 내리고 있습니다

바람이 지나가고 있습니다
흔들리는 내 마음속 생각의 가지들

—모든 일의 옳음이 理입니까

선생께서 열두 살 되던 때
논어 자장편子張篇 주석의 理를 읽다가
학문의 틀을 붙잡은 처음 물음입니다

선생의 숙부며 스승이었던
송재松齋 이우李瑀 公은
사흘의 말미 후에 대답하기를
너의 학문은 理로써 자리 매김을 하였다며
일찍 세상 뜬 형님 학문 한 길 떠올리며
옷깃을 여미어 기뻐했습니다

해 저물녘 늦은 나의 가을 길
도산의 하늘에서 내려오는
상형으로 얽혀 내려오는 가을 잎들 사이
풋풋한 선생의 서찰 하나
흔들리면서, 흔들거리면서
내 마음 지평으로 내려왔습니다

도산서당 陶山書堂

몸 나에서 맘 나로

- 퇴계로의 여행

산 뒤로 흐르는 물이라는 退溪, 물러나 나를 더욱 씻어다짐의
선생은 깊은 골짜기 샘물처럼 그 길을 밝히는 국화 향기처럼
우러름으로 물러나고 물러남이 다함없어 빛남으로 그리운 모습
하늘 길과 사람의 길 우러름의 나를 미뤄 너의 간절함을 살피는
벼슬길에 나갈 때면 선생은 가슴을 여미고 여미어 삼가 하면서
물러나고 물러섬은 단단斷斷으로 건 부드러움의 말씀이었습니다

애오愛惡에 메인 리己의 나를 삭감하고 도려내는 마음 공부는
선생의 본원적 깨달음(能生 · 所以然)을 붙잡은 우러름을 본받고
선생이 깨달아 나아감(所生 · 所當然)의 단단한 앎의 본을 받아
윤회나 직선이 아닌 나선형으로 올랐던 性理의 삶의 법을 이어
삶의 내 지평에 선생의 敬의 씨앗 하나 심어서 가꾸려 함입니다
근원의 相不雜과 어울림의 相不離를 지양하며 살아보는 일입니다

퇴계는 삶의 두 수레바퀴 格物과 正心의 앎과 삶을 붙잡는
스승 주희의 先知後行인 자칫 점수漸修적인 방법의 번잡과
양명의 知行合一 자칫 단순함으로 잘리고 마는 돈오頓悟를
知行互發의 앎과 삶이 어울리는 사람됨 ㄱ온을 잡았습니다
學行一致 선생 삶은 점수의 斷斷과 돈오의 忽然을 묶음입니다
말은 내 행동을 돌아보고 삶은 말씀과 어울려서 펼쳐짐입니다

선생의 삶을 보면서 삶 속의 나를 조금은 잠글 수 있었습니다
고요로 내 귀를 잠그고 낮음과 우러름으로 나의 혀를 잠그고
終始의 인생관과 깨끗해야함의 길을 걸어가야 함이 왜임인가를
끝 안에서 하루하루 내 삶의 깨끗함이 이루어져야만 함인가를
하늘과 땅과 사람이 수직과 지평의 불꽃 조화이어야 함인가를
나를 하늘에 걸고 걸어감과 나는 땅을 골라 디딤이 왜임인가를

〔註〕 退溪 : 이황의 호이면서 도산의 뒤로 흐르는 물줄기의 이름입니다. 필자는 여기서는 퇴계
를 선생이 설계하여 실천하려고 했던 일관된 삶의 길(나의 분수를 바로 알고 학문에 힘쓰
고 벼슬에 나아가고 물러남의 때를 안다.)로 해석해 보았습니다. 퇴계는 벼슬에서 물러날
것을 53회에 걸 상소를 했는데 狀이 36회, 啓가 14회, 疏가 3회였습니다.
태극도설을 쓴 북송의 철학자 주돈이가 그의 호를 염계濂溪라 하였듯이 사람을 되어감의
존재로 보는 유학은 흘러가는 물의 고요함과 흔들리며 흘러가는 물의 성질을 가지고 시
간 위의 존재인 사람의 본질을 보면서 흘러감 속에서 흘러가지 않는 물처럼 善性의 성정
性情을 붙잡아 기르고 그들은 학문과 인격을 수양하는데 최선을 다하였습니다.
先知後行과 知行合一 : 주자학과 육왕학陸王學의 학문적 입장, 퇴계는 육왕학을 비판하여
우리 나라에 수용하는 것을 거부하고 주희의 학문의 도통을 이으면서도 주자의 학문적인
앎 다음의 삶이라는 방법에만 머물고 있지 않는 知行竝進이라는 삶의 틀을 만들었습니다.
지행호발知行互發 : 앎과 삶이 서로 因果가 되어 필연성을 이룬다는 뜻으로 퇴계의 학문
과 삶의 방법은 여기에 일관한 삶이었다고 필자는 보고 있습니다.
이것은 퇴계가 평생 우러름으로 하늘과 땅과 사람을 대했던 삶을 보아도 알 수 있고 四
端七情의 기대승과의 논쟁을 할 때의 편지에 오고간 말씀의 법을 보아도 알 수 있습니다.
퇴계의 이 이론은 그가 스승으로 받들었던 주희의 이론과 그가 배척했던 양명의 생각이
종합된 것입니다.
相不雜 相不離 : 서로 의지하거나 섞여 있으되 뒤섞여 잡되지 않음이요, 서로 떨어질 수
없음을 가리키는 말입니다. 이런 理와 氣의 不離不雜은 이와 기가 구체적 사물을 형성한
다는 점에서는 늘 떨어질 수 없지만 본체론적으로는 서로 구별된다는 뜻입니다. 양자는
개념적으로는 구분할 수 있으나 현상세계에서는 결코 분리할 수 없습니다. 理氣의 선후관
계란 시간적이라기보다는 논리적인 것이었습니다. 예컨대 사람과 말이 먼 길을 갈 때는
한 몸이 되지만 집에 돌아와서는 사람은 방으로, 말은 마구간으로 가야하는 바른 이치처
럼 情에 바탕을 둔 理氣의 분별됨과 조화를 비유하기 위하여 퇴계가 주희의 이 말(서로
섞이지 않으면서도 서로 떨어지지 않는다.)을 빌어 理氣二元論의 타당성을 주장하였습니
다. 필자는 이 시에서 내가 섬기고 있는 기독교와 성리학의 관계를 이 둘의 관계처럼 이
개념어에 의지하고 정리하려고 하였습니다.

매듭 넷

내 그릇을 먼저 비워야 함의 노래

- 향원鄕愿

그릇됨의 일을 밥먹듯 하면서도 잘못을 잊고 사는, 나는
터줏대감처럼 버티고 앉아서 촉촉한 곳마다 혓바닥과
불삽을 혀처럼 날름대며 비굴의 눈으로 움츠리는, 나는
집단을 위하는 척 간사奸詐ㄹ 떨며 실속을 모두 챙기는
걸리는 것은 마땅히 없겠지 흔들리는 송곳니로 웃는, 나는
들춰내려 하지만 잘 박혀져 있겠지, 다짐하는, 나의 나는

이런 다짐을 안개처럼 부드러움으로 감추며 웃는, 나는
사람들의 생활에 잘 동화되고 세상과 잘 어울리면서도
마치 충성스럽고 신뢰 있는 사람처럼 나는 들고나면서
나의 드러남이 사람들 입에서 부러움으로 오르내리겠지
나를 가만히 두드리며 좋아하고 스스로 옳음을 과장하는
겉과 속이 엇물려 위태함으로 헛도는 바퀴처럼의, 나는

옛 성현들 예컨대 요임금이나 순임금의 길과 덕을 해치는
더러움의 적賊인 나를 알면서도 눈감고 있는, 너 속의 나는
참으로 사람의 떳떳함은 정직한 사람에게는 칭찬을 받고
불의한 사람들에게는 미움을 받는 그것이 사람됨의 길인데
고집과 거짓의 나를 겨냥하며 활을 쏘는 일이어야 하는데
心中의 나를 닫아걸고 사람됨을 막는 향원으로의, 나는

이유태, 「이황 초상」, 1974년

나 알 알 나
- 바람과 숨이 하나임의 노래

사람됨의 옳고 바름을 먼저 추구했던 유학의 선비들은
내 속의 기미가 머물고 있는 곳의 미묘함을 조심하며
그 흐름을 붙잡는데 마음을 열어서 놓지 않았습니다
온고溫故와 지신知新으로 항상 나를 다져 세우고 넓히며
예와 겸양으로 나를 단련하며 나로부터 사람됨에 힘쓰고
과녁 향해 날아가는 화살처럼 일상을 닦는데 힘썼습니다

선인들이 즐겨했던 활쏘기는 화살이 과녁에서 벗어나면
궁수는 자기의 조준과 수련의 미달과 잘못됨을 탓하였지
과녁의 멀고 가깝고 크고 작음을 탓하지 아니하였습니다
바른 선비는 내가 먼저 서고 싶은 곳에 다른 이를 세우고
자기가 도달하고 싶으면 다른 사람을 그곳에 서게 하는
본원적인 '사람다운 사람仁人'이 되는데 나를 두었습니다

나의 삶에서 위선을 틀어막고 뽑아내어야만 하는 일은
논에서 잡풀을 뽑아 벼를 보호하는 일상과 같습니다
아첨과 말재주에서 멀리함은 정직과 신의가 귀함입니다
정직한 사람들에게는 마음으로부터 잔잔한 칭찬을 받고
소인배들의 외침과 미움에 마땅함으로 휩싸이는 사람이
유학의 의인義人과 덕인德人의 가는 외로움의 길입니다

【註】나 알 알 나 : 김흥호 목사님의 우리말에 대한 독특한 해석으로, 되어 가는 존재로의 사람을 가리키는 말입니다. 나 알의 알은 '앓다'의 앓음인데 예수의 광야의 40일의 금식과 석가의 49일 보리수 아래 선정과 같은 말입니다. 나를 알기 위한 앓음과 아픔이 있는 뒤에 결국 '알 나'가 탄생한다는 것입니다. 퇴계도 그의 나이 20세에 주역을 알기 위하여 또한 주희의 서적들을 읽으면서 한여름에 문을 닫고 공부했으며, 여기서 평생 병약한 몸을 가지게 됩니다. 퇴계의 주역에 대한 校正的인 풀이인 계몽전의啓蒙傳疑와 주자학의 적통嫡統은 이런 앓음이 있은 뒤에 탄생한 것입니다.

매듭 여섯

퇴계체退溪體

선생의 글씨를 보고 있노라면 平易와 온유함이
봄비 뒷날 울안의 흙에서 솟아나는 새순입니다
붓의 흐름은 새순들 푸름 올리는 그 줄기입니다
부드러움이면서 엄정嚴正함과
단단함이면서도 단아端雅함의
필법은 목숨을 빚어 푸름으로 올리는 뿌리처럼
氣가 앞서지 않음으로 더욱 힘참의 기운입니다

선생의 글씨는 점을 치고 획을 긋는 일의 모두를
하나의 옛法을 모심에서 출발하여 사람들 사이에서
헐뜯고 헛되이 기리는데 매이지 않았다는 평입니다
선생의 글씨를 보고 있노라면 글씨 속의 땀의 법이
달빛이 스미어서 곱게 흐르는 초가지붕 위 박꽃처럼
붓 끝 묵향의 빛줄기는 선생의 居敬窮理의 한 길처럼
빚어 가꾼 도학의 한 길에서 우러름의 벌판 마음입니다

退溪體의 부드러움과 엄정함과 단아함은 학문과 수양의
선생의 한 길이 빚은 필체로 그 사람됨의 결정체였다고
사람들은 조심스러운 말씀으로 평가를 삼가고 있습니다
나는 선생의 글씨가 부드러움과 단정함을 두르는 이치를
선생의 敬의 품격과 새벽에 잡은 붓의 건강한 힘이었음을

옥진각 진열관 속의 '風樓'라는 글자 뒤 선생의 숨결과
장판각 중심에 놓인 목판의 '善'字를 보면서 깨달았습니다

선생의 글씨는 天球弘璧을 본 듯하다는 大山 李象靖의
말씀으로 내 자잘함으로 써는 혀끝의 놀림을 여미면서
서북 서울 하늘 아래 내 낡은 새벽 창문을 열어봅니다
나도 먹을 갈고 갈면서 비뚤어진 내 혼을 깨워 봅니다
계신공구戒愼恐懼의 혼자 있음의 새삼 두려운 마음으로
글씨 속 선생의 心地 소리 붙잡으며 더욱 우러름 속을
그리고 退溪體의 편안함 속으로 문 열 듯 걸어갑니다

내 그믐의 밤 같은 마음과 몸을 바로 깨우며
오백 년 전 선생의
부드러움이면서 단단함으로
엄정함이면서도 단아함으로
心體와 우러름이 솟고 솟아나는 별빛처럼의 길
선생의 書體 속으로 나는 걸어감입니다

【註】 李象靖 : 퇴계 후기학파의 성리학자, 목은 이색의 후손이며 안동에서 태어났습니다. 그의
　　　　 나이 25세(영조 11년)에 문과에 급제하였으나 벼슬을 기다리지 않고 고향으로 내려갔습니
　　　　 다. 그는 학문을 강론하고 저술하는데 바쳤습니다. 18세기 한 차원 높은 도학세계를 구현
　　　　 한 중심인물로 평가되고 있습니다.

선생의 글씨

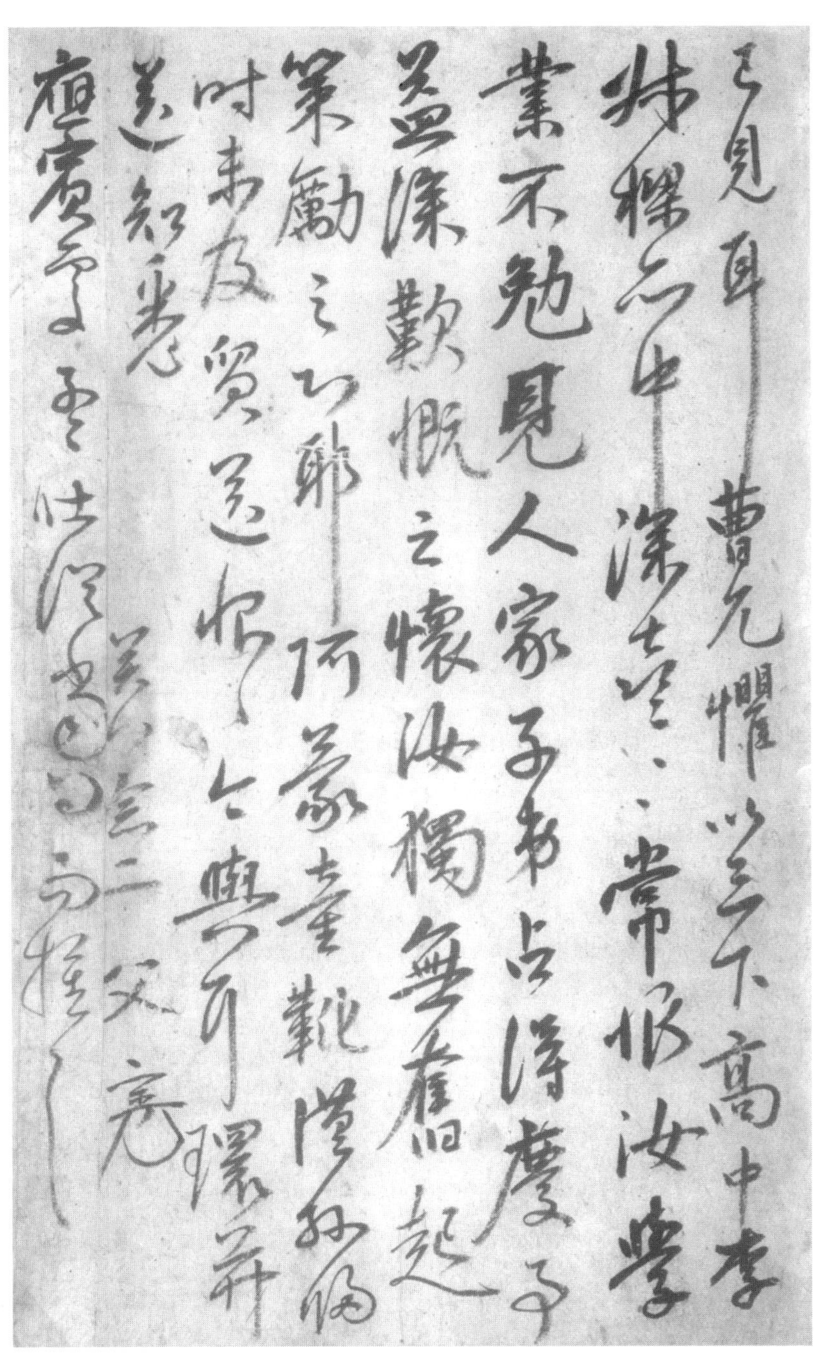

선생의 편지글

매화연梅花硯

매화가 피어 있는 매화연의 검은 벼루에
몽천蒙川의 봄물 떠서 먹을 갑니다, 선생은
心經을 외우고 베끼는 心境의 창문에 동이 트고
절우사 매화의 차고 맑은 향기가 번져옵니다

여름 아침 열정洌井의 여름 물을 떠서, 선생은
매화벼루 검은 매화보다 짙게 먹을 갑니다
朱子書切要 한 갈피 넘기며 바람이 지나갑니다
中通外直 하얀 연꽃들이 여름바람에 흔들립니다

매화벼루에 蒙泉의 가을 물로 먹을 갑니다, 선생은
理氣互發, 知行一致. 理一分殊, 博文約禮, 性卽理의 敬과
같은 것 속에서 다름이 있음을 잡은 格物과 四端七情의
다른 것에 나아가 같음 있음을 잡은 物格과 心統性情의
먼저 갈라 확인하고 어우름과 같음으로 마감하는 根幹語들
理와 氣가 꿈틀거려 어울림 속을 갈라 견고함으로 붙잡음의

매화벼루에 겨울 밤 샘물의 온기로 먹을 갑니다
떨리는 손과 떨리는 가슴이 차게 젖어서, 선생은
53번 벼슬길 사양하셨던 義와 持敬의 한 길 여미어서
형이상 유학의 바다 평생 노를 저어서 체득하였음의
聖學十圖에 온축蘊蓄하여 떨리는 손으로 그리고 써서
17세 선조에게 선생이 知新으로 붙잡은 溫故의 길을
겨울 햇살 온기처럼 天人合一 마음의 창문을 올립니다

먼저 분석으로부터 통합으로 조화를 이룬 공부법의
선생의 학문의 집은 지경持敬이 심고 거둔 옹골참입니다
'나는 혀로 밭을 갈았다' 는 理氣二元의 학집確執과
도학의 근간을 치열함으로 갈무리하고 간직하신 길

도산서원 찾아가는 가을걷이가 끝나버린 들녘에
누가 놓았을까, 쭉정이 모아 사르는 가을 연기가
내 마음 저녁 풍경처럼 하늘로 올라가고 있습니다

【註】梅花硯 : 옥진각에 보관되어 있습니다. 단계産 자색의 돌에 매화와 댓잎. 낚시하는 은자
隱者의 모습을 정교하게 새겨 넣은 벼루로서 선생의 제자인 김기(1547~1603)가 선물한
것이라 전하고 있습니다.

옥진각의 매화연

선비의 길

선비는
바람 속에서도
갓끈을 서둘러 잡지 아니함입니다

선비라면
비가 쏟아지는 길에서도
서둘러서 젖지 아니함입니다

선비의 마음은
도포자락 깊숙이
우러름 한 점 여미어 입고
차라리 돌이 되어 들판의 밤에 섬입니다

앎과 삶의 한 길

하늘이 있기 전에 먼저
하늘 있음의 이치가 있고
사람이 있기에 앞서
사람됨의 이치가 있음이라는
숙부 송재 선생의 가르침을 받다가

―무릇 사물의 바탕됨이 理입니까―

ㅁ, ㅂ, ㅍ, 우리말의 삼 박자 삼 단계의
물음에서 불음으로 불음에서 풀림의
물과 불의 상극이 풀을 키우는 相生 이치됨을
불과 물의 원수가 밥을 위해 한 몸이 되듯
어린 시절 선생의 깊은 물음이었습니다

선생의 학문은

우러름敬과 올곧음義을 기둥 삼고

앎知과 옮기심行이 두 수레바퀴가 되었습니다

새벽 네 시면 일어나 얼굴을 가다듬고

정제엄숙整齊嚴肅의 몸가짐으로

남이 없는 곳에서 내 속의 남을 보고

주일무적主一無敵 한 길에 앉아

얼의 골짜기는 낮고 조신操身함으로

낮음을 골라 더욱 낮음으로 걸어가시고

상성성常惺惺 깨어 있음의 찬물 맛으로

새벽 서늘함 속에서 혀의 밭을 갈았습니다

촛불이 흔들릴 때면 창가로 가서 渾天儀

바람 위 깨끗한 별의 흐름을 생각하시었습니다

세숫대야는 질그릇을 썼고

갈대로 만든 문발과 갈대 잠자리

앉을 때는 부들자리를 깔았습니다

베옷에 실을 꼬아 허리띠 동이고

짚신과 대막대기 의지하여 하루를 보냈습니다

두 끼니의 밥과
세 가지의 나물반찬으로
선생의 마음씀의 둘레는
시월하늘 밝은 달처럼
탁 틔어 속이 드러난 얼음 항아리였습니다

나는 왜
지금까지
생각의 집 하나 지어서
내 마음에 붙잡음이 없는가
어디서 무엇을 위하여
기름에 절은 심지처럼
허우적거리는 낮과 어둔 밤을 지나고
예까지 흘러왔는가

내가 찾은 도산서원의 東西 光明室

문은 또 잠기고

완락재 낮은 지붕에 저녁햇살이 걸렸습니다

저문 햇살 아래 내 그림자만 깊어졌습니다

【註】송재 선생 : 퇴계의 학문의 바탕이 잡힐 때까지 지도하여 주고 정신적으로 많은 영향을
준 叔父 이우李瑀公입니다.
玩樂齋 : '玩賞하여 즐기니 족히 여기에서 평생토록 지내도 싫지 않겠다' 의 뜻으로 선생
이 이름을 지어 붙이고 선생이 기거했던 집입니다.

자성록自省錄 2
– 부드러이 답함과 깊은 가르침

무엇보다도 앎과 삶을
평정平靜함으로 애쓰시다 가신 선생은
성균관에서 수학修學 중인
손자 몽재에게 편지하기를
네 앞에서 나를 치켜세우는 이 있다는데
조심하고 조심하여라
네가 귀를 쫑긋 세우고
헐렁함으로 입을 벌리면서 끄덕이면
돌아서서 웃고 손가락질하는 것이
세상살이의 人心이다

요새 배웠다는 사람들은
앎의 겉과 삶의 속이 달라서
한낮 아래서도 떼를 이루어
수군거리고 헐뜯는가 하면
눈앞에서는 좋은 척 치켜세우다가도
돌아서면 손짓과 마음의 짓과 발짓으로
헐뜯어 걷어차고 밟아 흔든다
본래부터 소용돌이인

사람의 안팎을 바로 갈고 살핌이 없으면
우롱함의 가운데 놓이고 놓여 괴로워하리니
사람들을 가까이 하기에 앞서 나와 너부터의
사람됨의 성정을 두루 알기에 힘써야 한다

너와 더욱 가까이 하는 척
말에 날을 세우고 너의 마음을 간질여
다른 이의 허점을 하나하나
긁어내는 사람들은 더욱 조심해야 한다
그가 분해하고 간질이는 말 법으로
너를 가까이함은 무엇인가 품은 것을
간절히 계책ᄒ자 함이니
혹간 거기에 잘못 마음을 내주어
어울림이 있었을 경우일지라도 곧 돌아서
겨울날 징검다리 건너가듯 조신操身해야만 한다

정분이 지나쳐 마음을 다 준 후
그가 이익을 위해 돌아설 때면 약점의 너를
잡아 누르고 미워하고 모함한다
남의 일은 많이 아는 척하지 말고
입을 막아야 한다, 참기름 병의 마개처럼
나(퇴계)를 두둔하는 마음의 자랑으로
문을 열 듯 나에 대한 너의 입을 활짝 열지 말고
또한 비방하는 사람과 마주하여 살아가야 할 때도
말씀에 날을 세운 채로
너는 돌아앉지 말아야 한다

【註】自省錄 : 퇴계가 55세에서 60세 사이 문인에게 보낸 서간 중 22통을 모아서 직접 편집한 것으로 내용에 상당한 통일성과 체계성을 염두에 두고 편집한 것입니다.

자성록의 내용은 ① 초학자들의 공통된 병을 고치는 요령(初學之通患 1~3번), ② 학문하는 기본자세(爲學姿勢 4~12번), ③ 학문하는 방법(爲學之要法 13~19번) ④ 명성을 가까이하는데 대한 경계(戒近名 20~22번)로 갈라볼 수 있다고 퇴계를 연구한 학자들은 보고 있습니다. 어떤 이들은 정통 유가를 충실히 수용 계승한 중국 선대 학자들의 사상을 본뜸이라고 폄하하기도 합니다. 그러나 자성록을 읽어보면 단순히 본뜸을 넘어서 그 사상을 자신의 것으로 완전히 소화하여 다시 同學이나 후학들에게 전수해주는 창의력을 지니고 있음을 볼 수 있습니다.

자성록自省錄 3

- 퇴계와 고봉의 만남

솟아나는 물의 길처럼 나의 心性을
깨우고 깨치리라 이름하여, 蒙泉
선생은 일상의 아침이면 몽천에 나가
물 속의 하늘 보며 하늘 속의 당신을 보며
眞實을 뜨고 眞心을 씻어 眞性과 眞情을 보면서
당신부터 사람됨의 도리를 두루 살피셨습니다
씻고 닦은 지혜로 제자들과 담론하고
솟고 솟은 궁리함은 쉽고 또한 깊었습니다

가을이 무르익은 달밤이었습니다
기정자奇正字 고봉高峰으로부터
하늘의 달과 千江의 달의 이치는 하나라는
리기공발理氣共發의 二而一를 앞세우는
시리도록 붓끝은 날카로웠지만 온화한 화법의
두 번째 서신을 받고
몽천에 나갔습니다
바람 한 줄기 가을이 지나가고 있었습니다
몽천 속의 밝은 달 몇 번이고 흔들렸습니다
그렇구나, 내 하늘의 달 있음의 이치에만 매달려
가까운 물 가운데 달을 잠시 놓고 있었구나
선생은 몽천 물 한 모금 떠 마시고

물 속의 달을 떠다 먹을 갈고 또 갈아
한 자루 붓을 잡고 마음의 새벽까지 갈았습니다

四端理之發 七情氣之發에서
사단리발이기수지四端理發而氣隨之
칠정기발이리승지七情氣發而理乘之
깊고 맑은 생각 풀어 답을 보냈습니다
천지의 사물을 生하는 마음에 꿰어
끊임없이 이어지는 생생불궁生生不窮은
다만 사람의 산 마음(性)과
살아있는 마음을 잡는 근원에서 출발함입니다
대개 성은 맑은 물에 비유되는데
맑고 고요함이 물의 성정입니다

그대 理 · 氣 나뉨이라는 내 이치의 근본에 대하여
氣 한 덩어리라는 理氣共發의 물음법
내 생각의 바람벽은 一而二라는 옛 성현들의
맑고도 탁 트인 생각의 틀에서
크게 벗어남이 아닙니다
그대의 물음에 답하는 나의 一而二의 方便品은
그대와 나 먼길을 갈 때는
말과 사람이 하나가 되어(相不離) 길을 가지만
돌아와 집안으로 들어서면 말은 마구간으로
사람은 마땅히 방으로(相不雜)
갈라가야 함의 이치를 말함과 같습니다

理와 氣의 相不雜과 相不離의 이 원리는
배는 물위로 수레는 땅을 가는 이치처럼 알맞음이요
솔개는 하늘에서 하늘을 만나 날고
고기는 바다에서 바다를 만나 뛰는 마땅함의 이치처럼
연비어약鳶飛魚躍 질서 속에서 생명의 오묘함입니다
그대 심성의 근원 됨을 한 몸뚱이로 뭉쳐 물어옴은
분별의 앎에서 출발되어야 함이 먼저임을 힘써 말씀드립니다

선생과 고봉의 세 번에 걸친 四七辯論은
마음이 사물에 접하여 움직이는 한 이치의 문제입니다
마음속의 理와 氣는
心情에서 어울리고 피어남의 마음공부는 한 길이지만
먼저 갈라봄에서 어울림으로 오는 선생의 공부방법과
어울림 그대로 하나를 뭉쳐 보는 고봉의 공부방법의
세 번에 걸친 겸손과 받아들임의 서신 통한 토론입니다
공부란 치열함으로 묻고 나를 묶어 주장함이되
끝은 나를 겸양의 말과 법으로 묶어 마무리하는
퇴계와 기정자奇正字 고봉의 생각의 펼침과
받아들임의 공손함은 뒷사람들의 본이 되었습니다

선생은 가시고 조선의 한 문인門人은
몽천을 덮어버린 진흙덩이를 슬퍼했는데
내가 찾아 나선 도산서원 겨울 몽천은
새로 깎아 세워 놓은 화강석의 싸늘함 뿐
무너진 그 흔적마저 숨어버리고 없었습니다

【註】理와 氣 : 理라는 것은 형이상의 도(원리 본질)이고, 氣라는 것은 형이하의 그릇(器. 현상 운동)입니다. 理가 품수稟受하고 있는 四端이나 氣기 품수하고 있는 七情은 모두 마음心 안에 있습니다. 理와 氣는 원래 섞일 수 없는 것(不相雜)이면서 떨어질 수 없는 것(不相離)으로 합하여 보면 혼연일체 하나의 몸이요 한 물건입니다. 그러므로 理와 氣는 개념으로는 분리를 하고 분리될 수 있지만 현상 속에는 하나의 情 속에 섞여 있습니다.

自省錄 : 퇴계의 편지를 모은 서간집입니다. 퇴계는 평생 백여 명의 사람과 천여 통의 편지를 주고받았습니다. 그중 이 자성록에 수록된 편지들은 爲己之學을 표명하는 신유학의 성리학에 관련이 깊은 것들을 다시 추려서 묶은 것입니다.

수록된 편지들은 천리와 인성에 관한 문제를 중심으로 의리의 실천으로서 진퇴와 거취의 문제, 그리고 존심과 양성의 실천과 궁행의 문제 등이 들어 있습니다. 특히 정지운의 天命圖 해석을 둘러싼 고봉 기대승과의 심과 성정을 중심으로 한 理氣의 一元과 二元의 논쟁이 서로의 학문적인 입장을 지키면서도 특히 퇴계는 그의 도학 공부의 허점을 보완하는 계기로 삼았고 비판함에도 26년의 나이에 차가 있음에도 불구하고 敬을 지켰던 공손함과 절제의 화법과 상호신뢰의 태도는 지금처럼 경망함의 시점에서 볼 때 참으로 우리 철학사에서 빛나는 결실인 것입니다. 퇴계는 이 편지글을 항상 책상머리에 두고 때때로 살펴보면서 학행일치, 선생의 삶을 지탱하는 거울로 삼았다고 자성록의 서문에 기록하고 있습니다.

正字 : 기 명원이 처음 벼슬을 시작할 때의 품계로 조선시대 정 9품의 벼슬이름입니다.

退溪와 高峰의 理氣說 비교표

(四·七辯論의 차이, 이상은 교수 논문에서 인용)

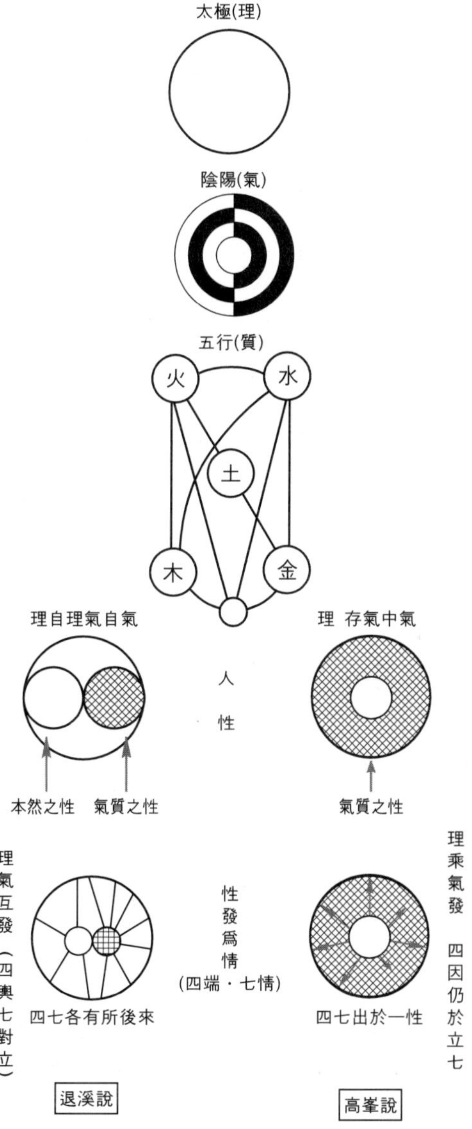

歸一之編何幸如之邊溪兩紙謄上伏
幸今察古人所謂上達日新之驗於此乎
徵也鄙說於今見亦無不同但無不到處何
徵有不同幸望深體之但日物理之不到
趣處則其於文句甚渾人只說易以慶是
不到兩說味體認則其義理文家未覺分
所平出可否阮姑此仰示伏惟人察鑑
何如且中惠來管城仍藏之備說
道體信勝庚子十七月大升拜上

고봉 기대승의 편지

'土'字 문양文樣石

선비란 나의 심지를 먼저 붙잡음에서 출발입니다
내 속에 자리한 하늘을 붙잡고 살아감입니다

청량산 맑은 기슭
학소대의 모래밭을 잠시 거닐었습니다
겨울 햇살이 역광逆光으로 내리는 길을
아내는 뒤따르고 있습니다

얼음 조각 부서져 흐르는 물가에 섭니다
겨울 해가 얼음 조각 물 속으로 흘러갑니다
눈 주름은 깊어 허리를 굽히고 펴면서
물 속의 여자는 걸어오고 있습니다

지천명 접어드는 길까지 불춤 추는 지아비
길벗으로 뒤따르며 삶으로부터 주눅 든 마음
어디서 만나고 주운 것일까
그녀의 손에는 '土'字 무늬가 완연한
조그만 돌멩이 하나를 건네옵니다
청량산 거친 돌 결이 조금 씻겨 있었습니다

선생이 청량정사 오르내리며
거닐었음직한 학鶴도 사라진 이 모래밭 길
어디에 놓여 있다가 나타난 것일까
나는 가슴에 선비 '土'字 문양의 돌 하나 품고
학소대鶴巢臺의 모래밭 길을 타박타박 걸었습니다

進道門 앞에서

선비란 바로섧(禮)의 원천이며
으뜸힘(元氣)이 살아있어야 하는 집이거늘
요새 젊은이들은 스승 보기를
길을 가는 사람을 보듯 하고
학교 보기를 주막집 보듯 합니다

스승의 길이란 남 앞에 자신을 낮게 다짐하고
들나지 않도록 계단을 조심하여 오름이어서
글을 가르치는 선생은 만나기 쉬우나
시람됨을 가르치는 스승은 만나기 어렵습니다

선비가 의로움을 말해야 함은
농부가 농사의 일을 말하는 것처럼
때에 맞아 자연스럽고
이치가 옳아야 합니다

빈궁함은 선비에게 예사로운 일
어찌 흐린 얼굴로 하늘을 우러르리
마땅히 참고 견딤으로 두 손을 모으고
스스로 마음의 길을 터 天命 앞에
내가 서 있음을 알아야 합니다

나아갈 때 마땅히 나아감이
선비 됨의 시작이요
나아가서는 안될 때 마땅히
나아가지 않음 또한
선비가 됨의 마침입니다

가을 햇살 등지고 나는
도산서원의 진도문 앞에서 서성거렸습니다
바람에 펄럭이는 신문지 하나 주웠습니다
발자국 어지럽게 찍힌 선생들 광고 즐비한
반 넘어 차 있는 휴지통을 찾아
글을 잘 파 집어넣는다는 글귀와
서성거리는 내 마음도 함께 쑤셔넣었습니다

【註】進道門 : 도산서원의 정문입니다. 진도문이란 道學의 세계로 진입하는 첫 번째 문이라는
　　　뜻입니다. 조선의 명필 한석봉이 쓴 도산서원 현판 중의 하나로 동서 광명실 중간에 위치
　　　하여 있습니다.

명필 한석봉의 글씨

풍 루 風樓

바람 부는 날 언덕에 오릅니다
살아 있는 모든 것은 넘어지는 연습입니다

가슴 속 남루 한 자락 내려놓습니다
오장육부 마디마디 바람이 스밉니다

바람 부는 날은 혼자 남는 날입니다
생각마저 몇 小節 꺾어놓고
나의 남은 날이 저뭅니다

구멍 없는 마음 하나 바람 누각에 눕습니다
풍루風樓에 오르는 날은 마음이
하늘에 닿는 날입니다

【註】風樓 : 옥진각에 보관되어 있는 퇴계 선생이 나무에 쓴 遺筆입니다.

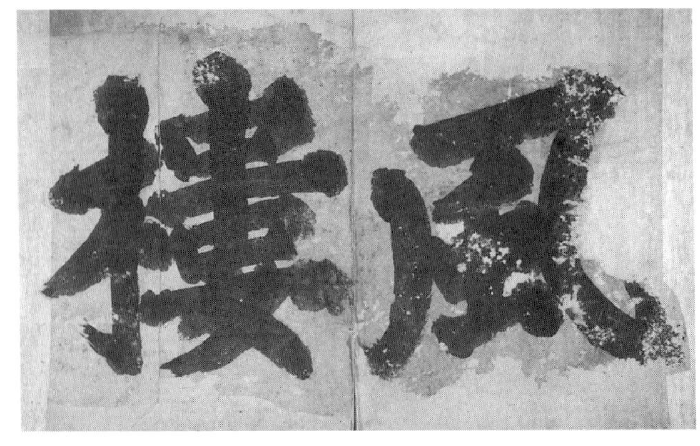

청려장

선생님은 痛風입니다
세브란스 한 외과의는 말했습니다
이렇게 아파도 괜찮은지요
너무 심하면 뜯어보아야 하지요
뼈마디 지나가는 핏줄 속의
기름덩이가
잠시 피를 멈추게 하는 증상입니다

이 몸 어디에 기름덩이를 얼마나 쌓았기에
손이 흙에 붙는 그 순간까지
가슴에 불이 차는 그 영원함까지
절절 끓는 이 지상의 길 동행하는
마른 막대기 몸 하나 이렇게 괴로움일까

선생의 나이 知天命
병약한 육신 안에 마음 하나 붙들고
퇴계의 언덕을 오르내리며

아픈 몸을 지탱하시었던
옥진각 유리관 속의 명아주 풀
마른 지팡이를 바라봅니다
아직도 푸른빛으로 살아있습니다

【註】靑藜杖 : 1년 초 푸른 명아줏대로 선생이 만들어 지팡이로 사용하던 유품입니다. 옥진각
    의 입구 쪽에 보관되어 있습니다.

정일 스님의 심방心房

문은 열린 채 어둠뿐
문은 닫힌 채 어둠일 뿐
내 마음은 어둠의 밭입니다

살아 있으므로 木棺이 하나
죽어 누웠으므로 문이 하나
아픈 발등 절뚝거리며
淨一스님 어둔 방 들어섭니다

밖에는 가을 햇살 바야흐로 중천인데
도산서원은 빛 속에서 일어서고 있는데
그 빛의 틈을 가꾸고 다듬다가 잠이 든
어둠에 싸인 조그만 心房이 하나
손을 뻗으면 마른 뼈처럼 흙벽에 닿는
내 손끝은 구천으로 이어가고 있습니다

어둠 속에 드러나는 心房이 하나
내 속에 자리한 마음의 방이 하나

【註】淨一僧房 : 도산서원을 건립할 때에 종사했던 용주사의 정일 스님이 기거했던 도산서당
의 골방을 말합니다.

도산서원 가는 길 2

풀잎들 파릇파릇 아련히 글소리가 들리는 곳
어짊의 법이 부활처럼 돋아나는 우러름의 길
서원의 아침을 함께 걸어보시지 않으시렵니까

솔 냄새 푸성귀의 냄새 옛 사람들 가슴의 냄새
받듦의 법이 낙동의 물길에 흘러 오감의 이 길
서원의 한낮을 함께 걸어보시지 않으시렵니까

여물어서 터지는 석류의 붉은 알 알처럼 영롱한
옳음의 법이 하늬바람 어깨뼈처럼 드러나는 길
서원의 해거름을 함께 걸어보시지 않으시렵니까

뒹굴어도 흠이 없는 잎들 사이 골라 디디면서
모심과 잠금의 법이 더욱 살아 빛남의 이 길을
달밤의 서원을 함께 걸어보시지 않으시렵니까

얼의 순례巡禮

— 秋月寒水亭 밤 마루에 앉아

우러름을 주춧돌처럼, 天命의 집 한 채 세우기 위하여
얼의 초석礎石 추월한수정秋月寒水亭 가을 길을 찾아갑니다
가을의 찬 달 學林 마을은 나락 한 짐 뒤의 땀 맛입니다
과일바구니처럼 참으로 찰랑거리는 향기의 숨참입니다
젖은 가슴 말리며 도산의 땅과 하늘 맞음의 설렘도 잠시
대바구니에 물을 붓는 일처럼 허무함이 나의 지금입니다

바랜 기와의 추녀와 검은 이끼 바람벽 역사의 가을과
저민 몸과 맘으로 사람됨을 갈고 사람다움을 세운 집
닫쳐 있음과 더쳐 있음이 포개어져 구름의 마음 나는
불의 몸과 마른 얼 춤이 비틀거려서 추운 사람, 나는
하늬바람의 마른손처럼 툇마루와 용마루를 지나갑니다
헛돌며 떠돌다가 秋月寒水 선생의 포구에 정박함입니다

하현달 아래 도산의 나뭇가지들이 흔들리고 있습니다
그림자의 나무에 걸려 내 생각의 그림자가 찢어집니다
선생이 걸어가신 秋月寒水의 여미어 더욱 외로운 집의
도학연원방道學淵源坊 순례의 길은 나에게 無明입니다
목숨의 집 한 채 바로 세움과 새벽의 얼 매듭을 위하여
가을 마당에 서서 덜 마른 물기 나를 더욱 털기 위하여

말씀의 법을 낮게 재우던 宗孫의 방에 불이 꺼집니다
퇴계의 물소리와 바람소리가 옷깃을 여미듯 잦아집니다
밤은 깊어도 七情의 내 불 마음은 꺼질 줄을 모릅니다
선생이 선한 하늘 마음 당신의 心地 밭에 뿌리고 가꾼
달빛이 찬 물결처럼 秋月寒水亭의 툇마루에 앉습니다
토계의 물소리와 가을 잎들이 내 마음의 땅에 떨어집니다

종손으로부터 들은 선생의 우러름과 받듦의 禮法을
끄덕이면서도 겸양과 우러름을 잊고 살아 왔음의 나는
부딪침의 밤길과 스며듦을 거부하는 아스팔트길 나는
몸을 누르고 가슴을 누르고 영혼을 누르고 있습니다
게으름을 가둬서 묶고 허튼 생각을 눌러서 묶음의 법
秋月寒水亭의 서성거리는 나의 그림자를 묶지 못합니다

종손 이근후 선생, 야송 이원좌 화백과 함께

다짐할수록 보이지 않아서 더욱 다짐으로 묶어야함의 길
목숨이 걷힐 때까지 더욱 깎아서 다져야 할 선생의 길을
아직도 미움과 성냄만의 七情에 흔들리며 살고 있음의
슬픔과 기쁨이 굴렁쇠로 굴러가면서 살아가고 있음으로
秋月寒水 밤 마루에 앉아 엶과 받침의 지평만 바라봄의
學林 마을을 떠나는 아침 길에는 가을걷이가 반쯤 남았습니다

【註】道學淵源坊 : '도학(유학)의 근원이 되는 마을' 이라는 뜻으로 퇴계 선생의 종택에 보관되
        어 있습니다.

둘째 마당
사람다움과 됨의 열 가지 글 그림 聖學十圖

다움과 됨을 그리고 올리는 말씀

- 進聖學十圖箚

道는 형상이 없고 하늘은 말이 없다고
臣 이 황은 생각합니다

그래서 신神을 믿고 보는 눈은 없음(道)을 더욱 믿고
나의 미세함을 살핌에서부터라고 생각합니다
道는 없음으로 맑게 비어 있음의 터이기 때문입니다
없음을 붙잡음이 믿음이요 우러름敬으로
위아래를 보며 걸어감이 사람의 삶이기 때문입니다
이렇게 유학의 완성으로의 聖學에는 단서가 있고
단서를 잡는 心法에는 영묘靈妙한 요령이 있습니다

성학은 백성의 지도자가 되는 배움의 學입니다
백성의 지도자가 된 이의 마음의 속과 겉은
온갖 기미와 징조가 모여 있는 곳이며
모든 책임이 모이고 터져 나가는 곳입니다
온갖 욕심과 간사함이 서로를 공격하니 지도자가
조금이라도 태만하고 소홀하여 방종함에 이르면
산의 무너짐과 바다의 요동침이 따라오기 십상입니다
이때에 이르면 그 누구도 막을 수가 없게 됩니다

조심하고 두려워하며 삼가는 생활의 나날이라도
오히려 부족함이라고 옛 성군들은 생각했습니다
여기서 예로부터 왕에게는 諫言하는 직책을 만들어
사람의 한계를 좀더 넓히며 넘으려 힘을 쏟았습니다
이것이 임금의 앞에는 지킴의 의疑를 두고
뒤에는 따름의 승丞을 두었으며
왼편에는 보輔 오른편에는 필弼을 두게 된 이치입니다
臣은 학술이 보잘것없으며 말주변도 서투른 데다가
나쁜 질병으로 계속 앓게 되어 시강侍講도 못하고
겨울 이후부터는 완전히 중지하고야 말았습니다
臣은 추위로 떨며 병으로 거동이 어려운 가운데서
이 聖學十圖를 만들게 되니 눈은 어둡고 손은 떨려서
글씨는 단정하지 못하고 한 줄 한 줄의 글과 글자도
바르고 고르지 못합니다

병풍 한 벌을 만들게 하여 조용히 거처하는 방에
펼쳐 두고 또 별도로 조그만 수첩을 만들게 하여
항상 책상 위에 놓아두고 일상생활 속에서 언제나
살펴서 보고 경계하여 주신다면 臣의 충정이 어린
뜻이 이보다 더할 수 없겠습니다

배운다고 하는 것은 어떤 일을 잘 습득하여
진실되게 실천하는 것을 전제하는 말입니다
성인이 되기 위하여 하는 공부는 내 마음心法에서
구하지 않으면 어두워져서 아무런 실효를
거두지 못하는 까닭에 나와 일을 깊이 생각하여야
미묘한 것까지 바라보는 마음의 눈이 생기는 법입니다

敬을 지속하는 것은 생각하고 깨우는 것이
함께 있음이며 동과 정을 일관하게 하는 것이며
마음과 행동을 한결같이 하여 드러난 것과
숨은 것을 바라보게 함의 도리입니다

본문의 그림과 설명을 깊이 생각하고 익혀서
평소 혼자 조용히 있는 틈을 타 공부한다면
도를 깨달아 성인되는 요령이 여기에 있을 것이며
본래의 마음天理을 바로잡아 나라를 다스리는 근원이
모두 여기에 갖추어져 있다는 것을 알게 될 것입니다

臣 野人은 근폭芹曝을 올리는 정성으로 이 글을 올립니다

【註】進聖學十圖箚 : 성학십도의 내용을 담은 비교적 짧은 上梳文을 왕에게 올리는 글이라는
뜻입니다. 여기서는 필자가 성학십도를 이해하는데 필요하다고 생각되는 부분을 선생의
글에서 가져와 본문을 조금 바꾸거나 나의 생각을 덧붙여 옮겨 놓았습니다.

근폭 : 미나리와 햇빛을 쪼인다는 뜻입니다. 어떤 백성이 미나리를 먹다가 맛이 좋아 임
금에게 바치려한 것과 추운 겨울 햇빛을 쬐다가 따뜻한 것을 느끼고 겨울철의 따뜻한 법
을 임금에게 알리려고 한 데서 생긴 말입니다.

聖學 : 성왕의 학문이라는 뜻입니다. 또는 서구식으로 말하면 철인哲人정치의 교본으로
보아도 좋습니다. 그러나 필자는 자기 완성의 학문이라는 넓은 의미로 해석하려고 하였습
니다.

있음의 집인 없음을 그리는 노래

- ① 태극도太極圖

무극無極은 비워서 없음으로 틔어 있는 있음의 집 얼개입니다
태극太極은 있음으로 비워서 없음을 모시고 있는 거푸집입니다
이 이치는 음양으로 갈리면서도 있음의 빛과 없음의 빛 둘을
포옹하는 하나의 현묘玄妙함과 더하기 하나로 셋의 통일입니다
음과 양에 나뉘어서 섞이지 않음으로 섞여 있음이 태극입니다
한 언덕의 東西처럼 한 번 양이 되고 정지하여 음이 됨입니다

무극(없음)은 어머니처럼 비워서 채워지는 모심의 집입니다
없이 계신 이는 없음으로 있음과 있어야 함의 본체입니다
현상만을 붙드는 내것의 있음만을 나의 말로 절단하거나
없음으로 네것의 없음만을 단정하여 끊는 꾸밈이 아닙니다
내것과 네것의 부릅뜬 눈과 마주섬의 二元論도 아닙니다
비어서 있음으로 시간과 공간이 곱하여지는 眞空妙有입니다

없이 계시는 이는 둘이 아닌 둘을 초월한 하나입니다
하나 안에 둘을 포함한 셋이 無極而太極의 세계입니다
음과 양에 즉卽 하여도 음과 양에 섞이고 갈라지지 않는
한 언덕에 비치는 하루의 아침과 저녁의 햇살 같아서
한 번 움직여 빛이 되고 멈춰 빛을 품은 어둠의 집입니다
무극이태극은 빛과 어둠이 혼융된 본체이며 속알입니다

태극이 움직이고 피어남은 陽의 기운이 팽창하여 스며듦입니다
陰이 화답하면서 木·火·金·水·土의 다섯 기운이 탄생합니다
바뀜易이란 무극, 태극, 양의兩儀가 탄생하는 속알의 행진입니다
비워서 더욱 틈새가 없는 있음에의 조화와 자유의 집입니다
태극은 하나의 리理가 기화氣化한 것이며, 기가 된 기질 속에는
하나씩 성을 가져 없어 있음의 거푸집 태극으로 나타남입니다

태극 안에서 만물은 생생生生으로 있음의 장場을 펼쳐 갑니다
하나와 하나의 태극에 뼈와 얼과 빛과 그늘이 스며듭니다
태극은 하늘의 달과 이슬방울 속의 달과 개미의 눈동자까지
비워 모심으로 무극은 개별의 태극을 생동 변화하게 합니다
천지만물 속의 태극은 나됨의 因子가 곧 하나의 성性이며
천지의 동정動靜과 음양이 함께 한 곳이 마음이란 집입니다

봄의 기운인 木과 여름의 기운인 火와 가을의 기운인 金과
겨울인 水가 土에 섞이어 부드러운 음양으로 찰랑거립니다
이를 본받아 사람은 仁·義·禮·智·信을 길러 가꾸고
나의 태극을 드러내는 삶의 법을 우러름敬으로 지켜나갑니다
우러름으로 천지의 조응을 알면 태극이 없는 곳이 없습니다
내 안의 태극을 먼저 보면서 나로부터 출발이어야 함입니다

천지는 때와 계절을 알아 오고감의 순서를 바르게 따르며
만물은 때에 따라 피고 지고 자라 열매를 하늘에 맺습니다
어머니처럼 비움으로 있는 하늘이 무슨 말을 하겠습니까
공자는 오십에 하늘의 명령을 알아 순응하며 걸어나갔고
극심한 역경에 닥칠 때면 하늘을 우러러보면서 하늘만은
내 안의 하늘 섬김의 성性을 알고 있다며 슬퍼하였습니다

유학은 사람의 노력에 의하여 본성을 완성해 가는 학문입니다
始終은 사람과 자연의 조화와 이치임을 깨달아 공부함입니다
중용은 하늘의 性과 자연의 道와 사람의 敎가 하나가 되는데
하늘의 질서인 천성을 따르는 길이 사람의 본성입니다
본성을 따르는 순리를 사람이 가는 마땅함의 길이라 하고
길을 닦는 법을 배우고 가르침을 사람의 도리라 말합니다

사람은 때의 자연스런 질서를 순간이라도 떠날 수 없음이니
떠날 수 있다면 내가 없이 모심으로 태극의 길이 아닙니다
붙들 수 있다면 비워서 더욱 있음으로 무극의 길이 아닙니다
그러므로 된 사람은 남이 보지 않는 곳의 나를 삼가고 경계하며
된 사람은 그 들리지 않는 곳에서 나를 염려하고 두려워합니다
내 안의 거울이 되어 작은 허물을 더욱 잘 드러냄이 태극입니다

〔註〕 **太極圖** : 중국 송나라 철학자 염계濂溪 주돈이가 짓고 해설한 것인데 전체 글자의 수는 250자입니다. 이 짧은 글 속에 자연의 이법을 담고 있습니다.

태극도에 대하여 풀이한 글을 태극도설이라 합니다. 이것은 동양식으로 천지창조의 질서라고 할까, 우주와 삼라만상이 생겨 생동하며 자연적으로 생성하는 모형도를 그림으로 고쳐서 만든 것입니다. 이 우주의 생성원리 및 사람의 길과 하늘의 길의 조화를 밝히고 풀이하는 태극도설은 성리학의 존재론과 가치론을 설명한 것으로 성리학의 시원적始原的 이론의 근거와 지위를 가지고 있습니다. 태극이라는 말이 처음 나타난 곳은 주역 계사상 繫辭上인데 '역易에는 태극이 있으니 이것이 음양의 두 모습을 생기게 한다'는 글이 있으며 무극이라는 말은 노자 도덕경 28장의 '영원한 덕은 변함이 없는 것이어서 다시 무극으로 되돌아간다'에 나타난 말입니다.

태극도의 그림은 네 영역으로 이루어져 있는데 시간의 맥락으로 본다면 위가 세상의 처음 시점을 말하고 아래는 현재의 세계를 의미합니다. 위는 세상의 공간구조의 내면을 의미하고 아래로 올수록 세상의 공간구조의 외면으로 가닥과 얽힘의 모습을 보여주고 있습니다.

하나 안의 셋 : 이것은 주역의 하늘과 땅과 사람의 3이라는 소성괘의 구조와 기독교의 삼위일체의 상징함을 같은 선 위에 놓고 결부시켜서 필자는 해석하였습니다. 논어 팔일八佾 편에는 음양의 이치를 음악의 심포니로 비유하고 있습니다. 처음은 엄격한 일치에서 시작되지만 다음 순간부터 연주가들은 자기의 연주에 자유스럽지만 그 소리는 끝날 때까지 조화롭고, 웅장하며, 전체와 연결되면서 정확함으로 조화를 이루게 함으로 비유하고 있습니다.

敬 : 스스로 다른 사람에 대하여 고마워하는 마음가짐을 가지고 살아가는 나를 먼저 낮추는 마음가짐과 그 실천을 말하는 것입니다. 퇴계를 연구하는 학자들은 퇴계의 경우 敬은 학문과 수양의 원리나 법칙에만 머무르는 것이 아니라 학문과 수양의 생활 속에서 구체적인 실천 방법이자 실천기준이라고 말합니다. 경은 시간적 차원에서는 인간존재가 활동하고(動) 고요한(靜) 사이에 잠시도 어긋남이 없도록(弗違) 요구하는 한편 공간적 차원에서는 인간의 행위가 밖으로 나타나는 겉(表)과 인간 마음의 내면세계인 속(裏)이 상호의 연관 속에서 서로 바르게 할 것(校正)할 것을 요구하는 것입니다.

속알 : 다석 유영모 선생이 德이라는 한자를 우리말로 바꾼 것인데, 창조적인 지성이라는 뜻입니다. 솟구쳐 올라가고 앞으로 나아가는 지성이 속알입니다. 그리고 마치 투명한 구슬처럼 계속 굴러가는 것이 나입니다. 그래서 옛날은 '인간은 속알을 실은 수레'라는 말이 있었습니다.

眞空妙有 : 성경의 마태복음에 나오는 '마음이 청결한 사람이 복이 있다'는 말과 같습니다. 나는 성리학이 화엄경의 세례로 철학적인 구조를 받은 것으로 보고 있기 때문에 이 말로 요한복음 1장 1절이나 無極而太極이라는 말을 해석해 보아도 괜찮다고 생각합니다. 色卽是空이라는 말의 다른 표현으로 보아도 됩니다. 이것은 종교의 경우이고, 聖人의 정치를 염원했던 퇴계의 입장으로 해석한다면 왕이 眞空이 되면 모든 백성들이 妙有가 되어 빛 안에 돌아온다는 뜻으로 해석하면 좋을 것입니다. 즉 백성을 섬기는 일을 자기의 조상에게 제사 지내는 정성(敬)으로 보살피는 일이 聖人으로 왕의 당위라는 뜻입니다.

해가 진 뒤에 별이 빛남을 그리는 노래

- ② 서명도西銘圖

1. 웃그림上圖

하늘은 아버지의 마음이고 땅을 어머니의 가슴이라 부름은
가까이 아버지의 품성稟性을 빌어 하늘의 유현幽玄함을 알고
더욱 가까이 어머니의 성품을 빌어 땅의 두터움을 앎입니다
그러므로 천지에 가득한 숨은 내 형체며 존재의 본성입니다
실존으로의 나는 이 맑은 웃 숨길의 혼융무애混融無碍입니다
사람과 사물과 내 혈육 등 모든 존재의 이치는 이 하납니다

살아감의 동등함이 함께 하는 유학의 입장에서 나를 보면
두루 섞임이어야 함의 수직과 수평을 조화의 법칙으로 하며
나라 안의 모든 사람들은 나와 어깨를 함께 거는 벗이요
삼라만상은 내 삶과 죽음이 함께 하는 유遊의 무리입니다
미루어 실천해야 하는 나의 자리에서 어짊仁을 바라 볼 때
옛날의 바른 길을 간 임금들은 내 부모님의 종자宗子입니다

그리고 바른 마음 큰 뜻의 신하는 宗子의 가상家相입니다
혈연의 원근과 사회의 수직과 나와 사물의 수평의 조화는
물길을 따르는 君과 물길의 법을 좇는 臣의 所以然입니다
나이 많은 어른들을 어른으로 대접하는 마땅함의 도리와
봄날의 새싹처럼 약한 사람을 살피고 다듬어서 키우는 일은
어진 임금과 바른 마음의 신하가 가야함의 所當然입니다

나이 많은 분을 높이는 일은 자연의 이법理法에 따른 것이며
어린것을 정성으로 대함은 새 싹을 사랑으로 가꿈의 일입니다
파리하고 병든 사람 고아와 자식 없는 늙은이 홀아비와 홀어미는
나의 형제 가운데 어려움을 당하여 호소할 데 없는 사람들입니다
질서 따라 보살핌이 성인의 길이요 천지의 덕에 합한 임금입니다
빼어난 현인이라도 성인의 이 길을 사모하고 따름이 신하입니다

2. 밑그림下圖

나의 심신을 보존하여 살핌은 자식으로의 공경함의 길이요
부모 앞서 즐거움으로 근심ㅎ지 않음은 효도의 얼 꽃입니다
내가 지녀야 할 겸양謙讓의 덕은 너를 세우는 어짊인데
이 길에서 벗어나는 사람을 패덕悖德함이라 이르고
사람됨의 길을 요긴함으로 지켜야 함을 잘 알면서도
눈을 감아버리거나 해치는 사람을 적賊이라 부릅니다

악을 이루거나 악의 길 위에 선 사람은 나의 부재함에서요
공경과 순수의 형체를 드러내고 실현시키려 애쓰는 사람은
본래 천지와 한 덩어리인 나의 몸을 잘 가꾸는 사람입니다
인자한 어버이의 성품은 천지의 이치를 품고 있음부터입니다
이를 알고 실현함은 됨의 도리를 다함이요 못함의 구별입니다
땅의 근거인 하늘을 알고 나를 사이에 두는 삶의 조화입니다

格物의 이치를 밝히며 살아감이 하늘의 뜻에 맞음이요
내 마음을 바름으로 가꾸고 꾸미어서 이어받음입니다
어둑한 마음 방 모퉁이에서도 내가 부끄럽지 않는 것이
하늘과 땅의 질서인 부모를 드러내어 욕되게 않음입니다
내 마음을 보존하여 본성을 기르는데 게으르지 않음이
‘없이 계신’ 하늘을 보고 섬기며 나를 터짐으로 올림입니다

성인은 하늘과 덕이 합치함으로 도를 이루고 있는 사람입니다
현인은 빼어난 사람이지만 도를 좇으려 노력하는 사람입니다
비유컨대 맛난 술을 싫어한 禹는 어버이를 돌보기 위함이었고
영재를 기르는 일은 영고숙의 효성스러움을 잇는 일이었습니다
괴로움이 탱자울타리처럼 아픔이라도 공경을 게을리 하지 않아
부모님께 기쁨을 안긴 것은 '순임금'의 순일純一함이었습니다

목숨을 도모하려고 도망가지 않고 끓는 가마솥 곁에서
죽음을 기다렸던 신생申生은 공손함이 익은 사람이었습니다
받은 몸을 온전함으로 가꾸며 살다간 사람은 증삼曾參이었고
부모의 뜻을 용감함으로 순종한 사람은 백기伯奇였습니다
성인과 현인은 이처럼 처한 위치에서 도리를 붙든 사람입니다
사람됨의 존양存養은 사람의 근원과 원천을 바로 밝힘입니다

부귀와 복택福澤이 나의 삶을 두텁고 살지게 하는 일이라면
빈천과 우척憂戚은 나를 갈무리하는 단 화덕이 될 것입니다
어버이 섬기기를 빈 하늘을 올라보듯 부드러움으로 섬기고
죽음이란 자연의 질서 안에서 내가 평안함으로 돌아감입니다
사람으로의 길을 애써 다함이 이 길에 이르는 지극함입니다
하늘이 하늘됨의 근원을 밝힘이 서명도西銘圖의 근본입니다

사람과 만물을 잘라서 드러내는 분별지分別知를 뛰어 넘어서
이치는 하나이면서 차별되어야 함의 원리가 理一分殊입니다
먼저 仁의 덕목을 이루고 있는 분별화의 앎에서 출발하여
하나까지 초월한 조화로의 둥근 앎을 이루게 하는 일입니다
西銘이란 아버지처럼 진공眞空으로 묘유妙有함의 하늘과
질박質朴한 땅의 성품을 어머니로 여김이 리일理一입니다

생명체는 저마다 부모와 자식의 관계로 이루어져 있으니
나누어짐 또한 반드시 이 다름의 이치가 적용되어야 합니다
이런 나눔을 개체 중심, 개체 존중의 분수分殊라 부릅니다
여기서 생명체는 하나의 조화면서 만가지로 다름이 됩니다
퇴계 선생은 理一을 아는 것을 인仁이라는 어짊의 근거로
分殊를 아는 것을 의라는 옳음을 아는 근거로 잡았습니다

분수를 먼저 알아 나의 부모 형제를 친애함에서 출발하고
사람을 사랑하는 理一의 이치에서 만물의 아낌으로 갑니다
음陰과 양陽의 상반을 딛고서 통일됨으로의 이 상호작용은
만물이 하나이면서 둘로 나누어져야 함의 마땅함입니다
하나면서 둘인 일이이一而二의 분리와 조화로의 팽배함이요
둘이면서도 하나됨인 이일이二而一로의 귀일歸一됨입니다

유학의 목표는 나의 결점을 면제받기 위한 공부가 아니었으며
절대 구원이나 금욕이 아닌 되어감의 존재인 사람의 문제입니다
나를 닦아 나와 너의 질서를 잡는 화엄경의 여래성기如來性起랄까
먹는 밥으로 비유하면 식욕의 충족을 위하여 사람들은 떠들면서
떠들어대면서 몰리고 몰려다니면서 본능과 습관으로 해치우지만
성인은 완숙하고 簡易의 감각으로 나와 밥과 하나가 됨이랄까

유학은 자연의 分殊와 하늘의 理一을 내가 맛보는 일입니다
만물제동萬物濟同의 축제 속에서 나의 맛을 넓혀 가는 일입니다
이 이치가 몸과 맘에 밸 때 나는 천하의 넓음 안에 거닐고
천하의 바른 자리에다 나를 내놓아 떳떳함과 자유에 노닐며
천하의 바르고 비어있음으로 가득한 길에 나를 두게 됩니다
聖人들은 이 기운과 뜻을 얻을 때야 백성과 함께 하였습니다

뜻을 얻지 못하면 홀로라도 그 길을 성현들은 걸어갔습니다
세상의 속된 부귀는 이런 사람의 마음을 방탕하게 못하고
세상의 빈천이 이런 사람의 이 절개를 꺾어 바꾸지 못하며
때時中가 무르익으면 무력과 난폭함도 나를 굴복ㅎ지 못합니다
견고한 나의 마음을 가진 이런 나됨을 옛 사람들은 '天命'이라
내 속에서 새벽이 터지는 들숨 날숨의 호연지기라 불렀습니다

이 때 하늘과 땅은 크지만 대장부는 되려 막힘을 느낍니다
이 때 군자가 큰 것을 말하면 천하가 그것을 다 실을 수 없고
작은 것을 말해도 하늘과 땅이 그것을 깨뜨릴 수 없습니다
솔개가 하늘에서 날고 물고기가 못에서 뛰노는 이치입니다
이 때 위와 아래에서 자연스러움으로 내가 밝게 드러남입니다
군자의 이 길은 음양의 조화에서 처음으로 이루어집니다

때가 지극하면 하늘과 땅 사이 감 알처럼 말갛게 드러납니다.
백성은 풀처럼 통치자는 바람과 같은 힘을 지니기 때문에
성인의 감화력과 이끌음에 따라 백성들을 구부리게 합니다
그 때에 사해四海 안의 모든 사람들은 형제와 자매가 됩니다
'신하가 군주를 죽임이 의로움의 길이었다면 괜찮습니까'
춘추시대 군주 양 나라 혜왕의 몸을 도사리는 질문입니다

마음 속에 그리움의 때를 잠시 잡은 맹자가 받는 말입니다
仁을 해치는 자는 賊이고, 義를 해치는 자는 잔殘입니다
잔적은 一夫인데 주紂라는 일부를 죽였다는 말은 들었어도
물이 법을 따른 왕을 죽였다는 말은 듣지 못하였습니다
중용적인 삶의 발현은 사람됨을 통해서 하늘의 질서를 알고
하늘의 성김까지 사람다움으로 깨끗함을 쌓아 가는 일입니다

性에는 타고난 편벽이 없고 본성의 처음 움직임은 옳음입니다
삶의 바탕인 중용은 자연의 법칙 아래 사람됨의 명확함입니다
지식 추적의 헬라 철학도 기독교의 속죄처럼 끊음도 아닙니다
유학은 내 안의 천성인 실재를 드러내는 참된 이치이기 때문에
실재의 세 축인 天·地·人·三才의 조화를 잡고 알아야 합니다
西銘圖는 큰 삶과 작은 生이 어울리는 삶의 바탕을 모심입니다

(註) **서명도** : 본래 중국 북송의 학자 횡거橫渠 장재張載가 그의 서재의 벽에 써 붙인 오른쪽의 폄우 愚(어리석음을 치료한다)와 왼쪽 벽의 정완訂頑(완고함을 바로잡는다. 특히 퇴계는 訂을 깊이 해석하기를 균평ㅎ지 못한 것을 균평ㅎ게 바로 하는 것이며 어긋난 것을 바른 데로 되돌려 놓는 것이란 뜻)이라는 箴言의 글을 정이천이 西銘이라 이름한 것입니다. 그 내용은 먼저 나와 우주로부터 우주와 나의 관계를 밝히어 적은 것인데 화엄의 사상에 영향을 받고 있습니다. 서명은 장재가 짓고 서명도西銘圖는 중국 원대의 학자 정복심程復心이 그렸습니다.

遊 : 장자의 逍遙遊적인 삶의 방법에 대하여 쓴 것입니다. 장자는 逍遙遊 편에서 사람을 우주의 한 가운데 던져 놓고 그 무한한 질서 안에서 걸림이 없이 자유롭게 노니는 것으로 그는 吾喪我와 萬物大同 (제동을 대동으로 바꿈) 그런 삶을 꿈꾸었습니다.

上圖 : 리일분수理一分殊 즉 一卽多의 통섭通攝됨과 구분됨을 밝힌 것입니다. 理一을 하늘의 달이라 한다면 分殊의 달은 나누어짐 속의 개체로 이슬방울 위의 달을 말한다고 보면 됩니다.

下圖 : 어버이를 섬기는 성심誠心으로 미루어서 보이지 않은 하늘을 섬기는 도리가 됨의 근본을 밝히고 있습니다.

우禹 : 禹임금은 어버이를 섬기기 위하여 단 술을 싫어했다고 전하고 있습니다'
영고숙 : 춘추전국시대 정나라 사람으로 효자입니다.

순舜 : 맹자 이루상에 舜이 어버이를 섬기는 도리를 다하여 고수가 기뻐하니 고수가 기뻐함을 보고 천하가 교화되었다고 합니다. 순임금은 우리 나라에서 건너간 사람이라는 설이 지배적입니다.

申生 : 예기 단궁에 있는 말로 진헌공이 세자 신생을 죽이려고 했지만 도망하기를 사양하고 재배하고 목을 매달아 죽음을 선택한 효자라고 전하고 있습니다.

증삼 : 예기에 부모가 온전하게 나아주신 몸이니 자식은 마땅히 온전하게 가지고 돌아가야 한다는 뜻을 지켰습니다. 이것은 하늘의 성품을 잘 간직해야 한다는 삶의 중요성을 강조한 말입니다. 이것이 유학이 말하는 천일합일의 핵심입니다.

백기伯奇 : 주나라의 대부 이길보의 아들입니다. 길보가 후처의 말만 듣고 효자인 백기를 내쫓으니 그는 이른 아침에 들에 나가 "거문고를 들고" 라는 가곡을 부르다가 강에 투신하여 자살하였습니다.

中庸의 천지와 인간관 : 인간을 우주와의 공동 창조자라고 생각합니다. 그래서 인간의 일상적인 삶은 자연의 질서를 사람과 사회 속에 구축하는 것이며 이것은 사람이 우주를 창조해 가는 한 과정이라 보고 있습니다. 곧 인간은 일상에서 활동하는 주체이자 우주의 변화과정에 능동적으로 참여해야 하는 주체적인 존재입니다. 이것이 유학이 지향하는 휴머니티입니다.

如來性起 : 화엄경에 나오는 말로 여래는 밖으로부터 듣고 배우는 것에서 시작함을 말하고 성기는 그것이 나의 삶 속에서 육화肉化되어서 나의 것으로 탄생되는 것을 말합니다.

옹 : 우리말 속에서 하늘의 뜻과 말씀의 하늘 뜻을 보려고 했던 우리말 철학자 유영모 선생의 독특한 표현입니다. 이 글자는 위아래로 뒤집어 보아도 같은 모습입니다. 필자는 이것을, 보이는 民心을 통하여 天心을 측정하는 자로 보는데 좋은 비유라고 생각됩니다. 왜냐하면 하늘이 왕(대통령)을 낸다고 보았던 것이 동양의 보편적인 생각이었기 때문입니다.

混融無碍 : 동양적인 사유세계와 불교 화엄사상의 핵심어 중 하나입니다. 일즉일체요, 多卽一의 다른 표현이라 해도 무방할 것이며, 노자의 樸에 해당된다고 보아도 괜찮을 것입니다.

天命 : 공자가 '나는 오십에 하늘의 명령을 알았다' 는 말처럼 사람으로는 어찌할 수 없는 운명이 아니라 사람이면 누구나 이룰 수 있고 추구하면 붙잡을 수 있는 仁·義·禮·智와 信의 길을 의미합니다. 이런 의미에서 유교는 현세주의이지만 참으로 휴머니즘이요, 삶을 긍정적으로 보고 있다 할 것입니다.

紂 : 중국 은나라 마지막 임금인 폭군입니다. 처음은 총명하고 용기도 있었던 임금이었지만 末姬라는 여자를 만나 폭군으로 변하였습니다. 이 주가 가장 괴롭혔던 사람 중의 한 사람이 중국의 자연철학인 周易을 완성하고 周나라를 세운 西伯 문왕입니다. 공자는 이런 여자의 특성을 비유하여 소인과 어머니다운 어머니가 아닌 여자(첩妾)는 조심해야 한다는 말을 하고 있습니다.

붙들고 틔워서 가꿔 감을 그리는 노래

- ③ 소학도小學圖

사람의 길은 되어감과 있음으로 있어야 함의 마땅함이
계절의 순환처럼 물음과 부름과 풀림으로의 올라감입니다
사람을 땅으로부터 하늘까지 익어감의 존재로 보는 유학은
때를 맞추어 가꾸고 거둠의 순리純理를 먼저 생각함입니다
그리움의 만남이라도 예와 덕의 기름을 으뜸에 놓습니다
하여, 어린아이들의 사람됨을 먼저 가르쳤던 소학의 길은
마당을 쓸고 자기의 방을 마땅히 정리함에서 출발입니다

성현의 말씀과 행위의 바름의 터 위에 마음 집을 먼저 짓고
식물처럼 부드러워 곧아서 비운 밝음으로 힘써 나아감입니다
사람을 대할 때는 풀들처럼 곱게 눈을 뜨는 법과 명랑함을
웃어른에게는 겸손함과 나의 말의 법부터 부드러움으로
스승과도 선한 일을 좇을 때는 의기義氣함으로 투합하되
배움에 놓일 때는 스승에게 무릎과 고개 숙임을 배우고
이웃과는 친절함과 속임 없이 사는 법에의 배움터입니다

사람됨의 싹을 틔워 기를 때 먼저 마음에 찍어 둘 일은
공손하되 예절을 잃으면 나만의 공연한 수고로움일 뿐
용감하되 예절이 없으면 나만의 공연한 사나움이 일 뿐
강직하되 예절을 잃으면 나만의 괴로움임을 알게 함입니다
어린이의 경우 사람으로의 처음 인격을 세우는 지식이란

처음은 몇 분 동안 버티고 서 있거나 넘어지지 않음에서
몇 발짝 걸음도 장중함의 의미임을 가르침에서 출발입니다

소학의 초점은 어린이가 감수성이 있고 책임감이 있는
자기를 발견하는 건강한 환경을 조성해주는 데 있습니다
어릴 때부터 절제에 의하여 어른으로 자라며 서는 법을
웃음 속에서 예절로 길들어져야 함을 가르쳐야 합니다
전통적인 유학의 가정에서는 때로는 가장 어린 손자를
맨 위 좌석에 앉히는 경우가 있는데 이것은 조상들이
신생新生함임을 영접하는 상징의 봄 숲길과 같음입니다

공자는 논어에서 나는 배움에 지칠 줄 모르는 학생이라고
배움과 가르침에 싫음을 몰랐다고 당신을 표현하고 있습니다
유학은 사람됨의 예절 매듭을 바로 묶는 데서 출발합니다.
나의 생각을 골라 드러낼 때는 깊은 물을 건너듯 조심하고
걸음을 옮길 경우는 얼음 바닥을 밟듯 조심에서 출발입니다
늙은이들이라도 많이 얻기 위해서만 근심하고 잃거나
놓지 않으려 발버둥치는 사람을 유학은 소인배라 합니다

유학의 宗主인 孔子가 당신의 뜻을 세워 삶을 그린 말씀입니다
15세의 나는 배움에 뜻을 세우고 길을 가는 데 힘을 썼습니다
30세의 나는 자연의 법에 나를 맞춰 나를 수평으로 세웠습니다
40세의 나는 나만의 생각에만 더 이상 미혹을 받지 않았습니다
50세의 나는 없이 계신 하늘이 참 질서와 자유임을 알았습니다
60세 나는 귀를 열어 편안하게 소리의 근원을 볼 수 있었습니다
70세 나는 마음의 법을 굴려도 법도에 넘치지 않음을 느꼈습니다

소학을 배우고 가르침의 길은 내가 있는 곳이 나에게 알맞고
내가 관여하는 시간과 공간과 사람들 사이가 알맞아야 하는
서고, 앉고, 걷고, 먹고, 말하고, 생각하고, 헤어지며 사는 법의
사람과 사람 사이 처음 걸음을 바로 놓는 법부터 익힘입니다
내 마음 안의 작은 거울에 큰 세상의 길이 비추고 나타나듯
어린아이의 말과 행동과 생각을 정원의 나무를 다듬고 가꾸듯
안과 밖을 마음의 질서와 자연에 맞추어 자르고 가꿈입니다

(註) **소학도** : 아이들의 대인관계의 기본덕목과 공부하는 방법을 적은 것으로 주자학의 전통에
서는 사서四書에 앞서 반드시 소학을 읽도록 규정하고 소학에 준경전적인 지위를 부여하
였습니다. 체계는 가르침의 앞에 섬(입교入敎), 사람됨의 뜻을 물어 밝힘(명륜明倫), 몸과
마음을 우러러 바로 잡음(경신敬身)을 사물의 정간楨幹과 강령綱領으로 삼고 옛날 사람들
의 바른 도리(주로 중국 상대의 하, 은, 주의 시대)를 상고함(계고稽古)으로 이 강령을 입
증하고 이의 본보기가 될 수 있는 말(가언嘉言)과 선한 행위(선행善行)의 본보기로는 중국
한나라 이후 선인들의 말과 행동에서 이 강령을 실증해 보인 것입니다.
　소학제사小學題辭 : 小學은 선진시대先秦時代 유학의 경전과 역사가 기록된 서적 속에서
어린이의 교육에 적당하다고 인정되는 말들을 중국의 송나라 학자 주희가 짓고 소학도는
퇴계가 그렸습니다.
　물음, 불음, 풀림 : 주역의 소성괘 삼 단계를 참고로 이루어져 있는 우리말 자음의 ㅁ, ㅂ,
ㅍ의 삼 단계의 물과 불이라는 相剋이 풀이라는 생명에 스미어 相生이 되는 이치의 풀이
입니다.
　물음은 한 씨앗을 땅에 묻음으로, 불음은 땅 속의 씨에게 물과 불의 자양분을, 풀음은 풀
이나 나무가 땅과 하늘 사이에 푸름으로 하늘과 땅 개체의 유기적 관계 속에서 홀로 서는
理一分殊입니다. 주역은 뿌리를 머리에 박고 자라는 식물의 하늘을 향하는 삶을 보고 고
안되기도 한 것입니다.(자세한 것은 필자의 '다섯 수녀와 산행'에서 스승님의 스승을 참
조하시기 바랍니다.)

陶山書院
典教堂

큰 배움터 더욱 낮음을 그리는 노래

– ④ 대학도大學圖

처음 큰마음을 밝히고 더욱 힘써서 배워야 함은, 덕은
개체의 몸에서 얼이 되고 얼의 몸집이 되기 때문입니다
明明德은 사물을 궁리하고 앎을 밝히고 극진하게 하며
뜻을 성실하게 하고 마음을 바름으로 놓게 함이지만
결국 출발과 끝남은 내 몸의 닦음으로 돌아옴입니다
결국 내가 지선至善 있는 곳을 알아 머무르게 함입니다

신민新(親)民의 길은 백성을 새롭게 하기에 앞서서
내가 먼저 나를 잡고 너에게로 걸어가는 길입니다
집은 가지런함으로 이웃과 나라는 고른 다스림으로
수면을 스치는 바람처럼 고르게 어울려 감입니다
백성에 앞서서 내가 至善에 머무르고자함입니다
이것은 대학 도리의 처음과 마침이요 한결같음입니다

지지선止至善에 머무르게 함은 자신을 먼저 새롭게 하고
백성을 새롭게 함이요 대학의 체體와 용用을 세움입니다
이 대학의 길에 들어가는 사람은 머무를 곳을 알게 되고
삶의 방향이 정하여져서 마음이 고르며 고요하게 되고
나는 편안한 마음이 되고 생각을 안으로 다듬게 되며
내가 큰길로 나아가는데 거리낌이 없어 밝게 됨입니다

큰길의 밝은 덕을 밝힘과 백성을 새롭게 함에는
至善이 있는 곳을 배워 알게 되는 마땅함입니다
나의 방향 정립과 마음을 세움과 생각의 정립은
내가 나를 다듬고 세워 나의 밝은 덕을 밝힘이고
세상과 백성을 자연처럼 부드러운 싹 틔움으로
일의 몸을 至善의 시공時空에 머무르게 함입니다

밝은 덕을 배워 입고 걷기 위해서는 몸 먼저 맘 뒤를
삶과 사물의 밝음을 좇아가 붙들어 앎을 극진하게 하고
뜻을 성실하게 하여 맘 키우고 몸 줄이는 바로섬입니다
백성을 친하고 새롭게 함은 집안을 가지런하게 해야 하고
나라를 다스리는 법은 私의 나를 버림과 익혀 길들임이
천하를 고르고 바르게 다스리는 법의 길이 됨입니다

지극한 선에 머무르기 위해서는 머무를 곳을 알아야 하고
방향이 정해지고 머물러 설 곳을 정하면 고요하게 되어
마음이 편안하게 되고 생각의 뜸과 잠김을 알게 됩니다
유학은 사람에게 자유와 지혜를 주는 창고의 지식입니다
위대한 학문은 모든 종류의 인간의 정서를 실현하는 것을
목표로 하며 자기 실현의 목표와 방편을 포함하고 있습니다

인격적 지식이란 궁극적으로 내가 거주하는 집안의
참된 주인이 될 수 있도록 몸과 마음의 주춧돌 위에
삶을 기르고 길들이는 강인한 배움 기둥을 세움입니다
자신의 선한 인격적 지식을 밝히어 수양하는 明明德의
밝은 덕을 밝힘은 인간이 본래 밝은 덕을 부여받았다는
성선性善의 전제 아래에다가 나를 놓고 바라봄입니다.

타인을 도움으로 더욱 자신의 완성을 확장하는 新民은
내가 물위에 자유로 떠야 물 속의 사람을 구하여 내듯
이웃과 사회에게 나의 부드러움이 다가감을 말함입니다
하늘로 향하는 나무처럼 나의 도덕적 향상을 노력하는
하나에 이르러서 고요로 나를 잠가 머무름의 止於至善은
삶의 지평에 반성의 꽃과 열매로 익는 삶의 법입니다

선비가 세워야 할 처음은 젊을 때 폭염처럼 혈기입니다
성교性交를 경계함은 성교는 불난 집안의 기름통입니다
장성하면 혈기가 강하여 언쟁과 싸움으로 인격의 성장과
공적인 봉사에 사용할 에너지를 잘못으로 몰아감입니다
늙어서는 이미 쇠잔한 혈기로 탐욕을 경계해야 합니다
탐욕이란 이루고 얻은 것에 대한 방어적인 집착입니다

내 바깥 일의 차례를 좇아 탐구함의 단계가 格物입니다
내 지식이 仁·義·禮·智로 펼쳐짐을 앎이 致知입니다
의지의 다짐이 誠意이며 나를 바르게 세움이 正心입니다
나의 인격을 갈고 닦음에 게으르지 않음이 修身입니다
가정을 추스름이 齊家며 나라를 맘 몸에 올림이 治國입니다
천하를 작은 생선을 뒤집듯 조심하여 다룸이 平天下입니다

바람의 성품인 임금에서 풀잎의 품성 사람들 모두에게
인격의 수양을 전제로 하는 것이 유학의 한 목표입니다
유학은 되어감과 되어짐의 중심 잡음을 강조합니다
인격적으로 성숙한 사람은 자신의 인격을 세우려면
다른 이의 인격을 세워주고 자신의 것을 확장하려면
다른 이의 것도 병행하여 확장됨을 돕는 사람입니다

格物인 나무와 풀의 자라남이 땅의 성품에 민첩하듯이
대학은 사람됨의 끝이 平天下이므로 정치에 민감합니다
갈대가 바람에 민첩하듯 사람은 정치적인 갈대입니다
그러므로 정치를 하는 것은 바람의 사람에 달려 있으니
정치를 하려는 사람은 성의와 正心으로 나를 반성하며
너를 취하거나 포용에 앞서 자연의 섬김을 배움입니다

(註) 대학도 : 개인의 인격완성의 과정을 적은 것으로 밝은 덕을 밝힘(명명덕明明德)에서 백성
을 새롭게 함(친민親民 혹은 신민新民, 저는 親民 쪽을 마음에 두고 있습니다.)이 대학의
처음과 끝이요 몸이며 쓰임입니다. 하여 먼저 자신을 새롭게 하고 백성을 친하고 새롭게
함의 표준은 지극한 선함(지지선止至善)이 대학의 몸 됨과 쓰임의 목표입니다. 개인의 인
격완성의 과정을 말하는 것으로 증자가 편저자이고 여말의 학자 권근이 짓고 퇴계가 경
을 추가하여 그렸습니다.

8조목은 삼 강령을 순서에 따라 자세히 나눈 것입니다. 格物에서 수신까지는 명명덕이고
제가에서 평천하까지는 신민이며 이 둘은 지선에 이르러 머무름을 지향합니다. 또 이것을
주역의 소성괘로 보아도 좋습니다. 격물에서 수신까지를 땅의 질서로, 제가에서 평천하까
지는 사람의 질서로, 지어지선은 하늘의 질서로 해석해보아도 그 맛이 새롭습니다.

몸 먼저 맘 뒤, 맘 먼저 몸 뒤 : 유학의 처음과 끝은 몸의 사욕을 줄이고 맘의 禮를 나로
부터 바로 세움입니다. 이 풀이는 한글로 철학을 했던 다석 유영모 선생의 생각을 인용한
것입니다.

풀고 묶는 사슴마을을 그리는 노래

- ⑤ 백록동규도白鹿洞規圖

1. 풂의 노래

흰 사슴 하나가 뛰어오고 있습니다.
봄날의 白鹿洞 언덕으로 푸른 바람을 물고
사슴의 눈 속에서 봄 들녘이 푸르러집니다

흰 사슴 하나 물가로 걸어오고 있습니다
느릿느릿 여름 산의 물소리에 귀를 씻으며
구름 하나가 白鹿의 산마루에 걸려 있습니다

사슴 하나 서 있습니다 가을나무처럼
서리맞은 가을 잎들이 흔들리다가
흰 울음 사슴의 털 위로 떨어집니다

사슴 하나 잠들고 있는 겨울 백록동
사람의 봄을 그리는 하얀 마음 시인 하나가
흰털의 사슴처럼 살아가고 있습니다

백록동의 봄과 가을과 여름과 겨울을
시인은 하얀 꿈 사슴을 기르며 살았습니다
仁의 부드러운 바람이 봄 언덕을 넘어오듯
禮의 찰랑거리고 상쾌함이 한여름 샘물 맛이듯
義의 잘 익음이 수그러진 가을 벌판의 어깨이듯
智의 앎의 곳간에 겨울 햇살을 고루 맞아드리듯

2. 묶음의 노래

하늘이 땅의 만물과 사람을 안아 가꿔 기르는 포용의 법은
아버지와 아들 사이 친해야 함과 분별해야 함에서 출발입니다
임금과 신하 사이는 보이지 않는 옳음과 보이는 분별함입니다
지아비와 지어미는 동등함 위에 구별함이 어우러진 따름입니다
어른과 어린이는 징검다리를 건너가듯 아름다운 차례입니다
벗과 벗 사이는 달이 떠오르듯 너의 밤에 달이 되어줌입니다

먼저 넓게 배우고 자세하게 물으며 신중하게 생각하면서
분명하게 구별하는 법을 앎이 마음 궁리窮理의 요체입니다
나의 말은 신의와 충실함으로 행동은 독실하고 공경함으로
나와 너를 향한 분노는 삼가고 욕심은 절제로 다스리며
선함을 따르고 잘못은 나로부터 먼저 접어 가는 훈련과
실천의 단단斷斷이 人欲을 줄이는 마음공부의 요체입니다

나로부터 이익을 도모하지 않아 정의를 바로잡으며
도를 밝히어 살면서도 나의 공적을 헤아리지 않음은
독실한 실천이 따르는 일을 처리함의 요체가 됩니다
자신이 바라지 아니하는 것을 남에게 시키지 아니하며
행동이 마음에 맞지 않으면 돌이켜 자신에서 반성함은
독실한 실천이 따르는 삶과 살아가야 함의 요체입니다

자식에게 나를 내놓아 요구하듯 부모를 섬겨야 하는데
나는 아직 이런 섬김에 낯설고 너무 거칠어 있습니다
아랫사람에게 나를 요구하듯 임금을 섬겨야 하는데
나를 삭감하고 깎는 섬김의 법에 익어 있지 못합니다
아우에게 함부로 요구하듯 형을 섬겨야 하는데, 나는
나를 삭감하며 남을 섬김에 낯설고 서툴러 있습니다

군자라면 이 넷을 거문고 줄 고르듯이 하여야 하는데
아직 하나의 줄을 고르는 데도 익숙하지 못하였다는
난세를 떠올리면서 살았던 공자의 안타까운 고백입니다
완성으로 가는 사람은 이득이 생기면 모두의 뜻을 봅니다
모두가 위기에 처하면 나의 목숨을 먼저 던질 각오를 하고
평생 지킬 말씨 하나를 가슴에 품고 살아가는 사람입니다

유학의 관점은 인간을 우주와 동행하는 존재로 봄입니다
형이상학적 자연에 존재의 나의 마음을 던지는 물음입니다
이 군자의 법도도 부부의 평상적 삶에 뿌리를 내리고 있듯
사람을 만나 仁을 이루어감이 유학의 비롯함임을 말합니다
개인의 순수와 지적인 추구가 사회적 책임과 불가피함으로
갈등을 빚지 않음이 중용적 삶의 기본전제며 완성입니다

【註】 **백록동규도** : 사회적인 인간관계와 덕행의 실천방법을 적은 것입니다. 白鹿洞規後序는 중
국 송대의 학자 주희가 짓고 백록동규도는 퇴계가 그렸습니다. 이 백록동규는 조선의 서
원들에서 학규의 모범으로 삼았고 중요하게 여겼습니다.
백록동서원은 중국의 강서성 여산의 오로봉 기슭에 있었습니다. 당나라 시인 이발과 형섭
등이 은거하여 책을 읽었던 곳입니다. 취미 삼아 흰 사슴을 길렀는데 그곳 사람들이 그를
백록 선생이라고 부르는 데서 유래한 것입니다.

마음의 바닥 닦음을 그리는 노래
- ⑥ 심통성정도心統性情圖

1. 웋그림上圖

마음이란 나의 바탈性과 뜻情을 통괄하는 집입니다
마음이 피어나기 전의 靜인 성性은 움직임이 고요하여
움직이지 않음 안에서도 움직임으로 있음의 터입니다
마음의 피어남인 動의 느낌情은 움직임이 활발하여
부딪쳐 응함으로 두루 통하게 되는 기운입니다
바탈性은 물의 동정처럼 뜻情의 성질을 결정합니다

성의 봄 마음은 나무木의 빼어난 푸른 기운을 받고
성의 여름 마음은 불火의 빼어난 붉은 기운을 받고
성의 가을 마음은 쇠金의 빼어난 하얀 기운을 받고
성의 겨울 마음은 물水의 빼어난 검은 기운을 받고
바탕 속의 기운생동이 흙土에 섞이고 기운을 감추어서
아직 피어나지 않음으로 性은 마음의 밝은 본체입니다

나의 마음에 어짊仁이라는 사랑의 이치됨을 갖추고
나의 마음에 받듦禮이라는 공경함의 이치됨을 갖추고
나의 마음에 옳음義이라는 마땅함의 이치됨을 갖추고
나의 마음에 앎智이란 구별되어야 함의 이치를 갖추고
나의 마음에 착함善이란 참되어야 함의 이치를 갖추고

피어남으로 간직한 느낌情은 마음의 두루 쓰임입니다

所以然에서 마땅히 피어남의 측은惻隱은 어짊의 단서입니다
마음 속에 수오羞惡가 피어나야 마땅함은 마음의 부끄러움과
미움이 마음 속에 부드럽지만 마땅함으로 흐르고 있음입니다
사양辭讓은 나를 미루어 남을 아껴 세움의 마땅함입니다
시비是非는 옳고 그름을 헤아리고 추스르는 마땅함이
언제나 마음에 가라앉아 있어야 함으로의 所當然입니다

2. ᄀ온찍기中圖

사람의 마음心은 성정이 들고나면서 고요로 깨어남과
바람 앞의 물결처럼 느낌이 항상 기거하는 집이어서
붙들지 않으면 없음으로 있음인 리理의 마음 집이요
있음을 갈라 헴의 기氣가 섞이어 부드러움이 맘입니다
합하여 살며 살아있어야 함으로 정령精靈의 집이 心이요
사람의 성과 정을 미묘微妙로 통괄함이 마음의 집입니다

마음은 항상 들고남의 비움이 있어서 몸 전체의
주인이 되고 툭 터져 한데처럼 막힘이 없습니다
마음은 신령하여서 나의 모든 일이 갖추어집니다
性은 어짊仁 · 옳음義 · 받듦禮 · 앎智을 부딪쳐 알고
깨달음의 바탕이기 때문에 사물에 부딪침에 앞선
피어나기 전의 본성을 부르고 가리켜 말함입니다

마음이 피어남은 심지와 같아서 정情은 하나지만
고요로 정돈된 처음의 피어남이 측은 · 수오 ·
사양 · 시비의 사단四端의 고요로 오르는 심지心志와
바람에 심지가 흔들림처럼 뒤섞임의 칠정七情이 있어
기쁨 슬픔 성냄과 즐거움 사랑과 미움과 두려움 갈래로
분별함이 있는 일곱 마음바다 불꽃으로 이루어집니다

3. 밑그림下圖

理와 氣가 조화의 정령精靈으로 사람의 성정을 통괄하면
心이 몸의 주인이 되어 모든 일을 부드러움으로 감싸고
부끄러움과 잘못을 미워하는 옳음의 단서가 세워짐입니다
옳고 그름을 따지는 마음인 앎의 단서가 바로잡히고
성실한 마음이 하나일 때 믿음의 단서가 나에게 안깁니다
이렇게 본연의 성은 텅 비고 맑아서 신령한 것이며
기질氣質의 성은 알고 깨달아 분별함으로 나아갑니다

성은 본래 하나지만 氣의 두 이름이 四端과 七情입니다
理가 피어나는 사단인 측은 · 사양 · 수오 · 시비의 마음에
氣가 순응하여 따름이 리발이기수지理發而氣隨之입니다
일에 부딪칠 때 氣가 피어나 뒤섞임으로의 칠정은
기쁨 · 성냄 · 슬픔 · 두려움 · 사랑 · 미움 · 욕망의 중심에
理가 올라타 안정됨이 기발이리승지氣發而理乘之입니다
理氣의 피어남이 얼과 빛으로 어울림의 ㄱ온찍기입니다

사람이 사람을 신뢰한다는 가능성으로의 유학의 지평은
우러러 뵈는 옛 성현들처럼 일상인인 나도 하늘로부터
天性의 동일함을 받았다는 의미를 앎에서 출발합니다
충서의 충忠은 중심이 잡힌 마음으로 나의 양심이며
서恕는 마음을 같이 함으로의 이웃과 나의 동행입니다
그러므로 忠恕의 바른 뜻은 나와 나의 이웃에 대하여
치우쳐 갈등을 일으키지 않는 ㄱ온찍기(中庸)입니다

군자는 나의 입장으로 타인의 입장을 헤아리기 때문에
너에게 나만을 내세우고 치우쳐서 요구하지 아니합니다
군자의 유연성은 시간과 회색의 겨울에 매인 현대인을
풀어주고 열어주는 봄날의 파란 지평이 될 수 있습니다
군자는 자신이 옳거나 가치가 있다고 믿는 일들에 대해
알아주고 본받음을 바라지만 자신의 생각과 입장을
사람들이 받아들이도록 앞서서 강요하지 아니함입니다

군자는 무엇보다 먼저 자기를 고르는데 더욱 힘쓰고
타인에게 요구하지 않음으로 원망을 받지 않습니다
진실의 性에서 성誠으로 가는 길은 하늘이 준 표준점이고
진실하려는 몸짓의 성지誠之는 사람이 걸어가는 길입니다
이런 하늘 길을 가는 사람은 힘을 쓰지 않아도 올바르며
바라지 않아도 계절처럼 저절로 돌아가는 법에 맞습니다
유학의 목표는 이런 성스러운 사람聖人이 됨에 있습니다

진실하려는 사람은 나를 가려 나를 지키는 사람입니다
진실한 품성이란 내 마음 안의 미묘한 상태만 아니라
언제나 外物과 일의 처리를 변화 속에서 완성시키며
사람과 하늘을 동일한 흐름으로 통일하여 이끌고 있는
능변여상能變如常처럼 활동적인 힘에 기초하고 있습니다
誠은 사람의 도덕적 결단과 배움의 필요충분조건이랄까
존재론적 기초이므로 본성적으로 스스로 밝은 것입니다

일상 속에서 성性을 바라볼 수 있음을 관觀이라 말합니다
하늘이란 불티처럼 작은 빛들이 수없이 모인 빛의 場입니다
빈 빛의 존재에 해와 달별이 달리고 만물을 덮음입니다
하늘 안의 땅은 한 줌의 흙이 쌓이고 다져진 것입니다
땅의 넓고 두터움은 커다란 산을 실어도 무겁지 않으며
황하와 바다를 가두어도 새지 않으며 만물을 싣습니다
성정의 통일은 하늘과 땅의 이치로 내가 돌아감입니다

【註】 **심통성정도** : 마음의 體와 用을 밝히어 적은 것으로 상도上圖는 중국 원나라의 철학자 정복심이 짓고 下圖는 퇴계가 지었으며 심통성정도설은 정복심이 지었습니다. 심통성정도는 성리학의 심성론의 기초를 보여주며, 사단칠정의 심성론에 대한 퇴계의 견해가 중도中圖와 하도下圖 속에 들어 있습니다. 성리학의 학문적인 목표가 궁리진성窮理盡性을 해서 천명을 알아 천인합일의 도달하는 성인이 있다고 하더라도 출발점은 성선性善을 기초로 하는 인성人性에 있음을 밝히고 있습니다.

能變如常 : 주역의 원리를 말하는 것입니다. 흐르는 물의 흐르는 법은 변함이 없듯이 易이 불역의 불변성을 가지려면 변역이 멈추지 않아야 한다는 뜻입니다. 즉 선생이 선생의 위치를 지키려면 溫故와 知新을 겸해야 한다는 말과 같습니다.

?온찍기 : 우리말을 하늘이 내린 특별한 상형문자로 보고 우리말로 동서양의 사상을 정리한 철학(사람과 자연과 하늘과 신을 해석)을 한 다석 유영모 선생의 中庸이라는 글자를 한글로 바꾸어 표현한 것입니다. 다석은 이것을 '알맞이' 라는 말로 표현하기도 하는데 이것은 동양에서의 죄에 대한 생각을 과하여 넘치거나 부족하여 도달하지 못하는 것(過不及)으로 보고 있습니다. 이것은 서구의 죄악의 사유 개념인 기독교에서 보는 윤리적인 '죄'의 개념과 대칭으로 볼 수 있는 것입니다.

所以然 : 존재로의 자연의 법칙으로 사물의 생성이 필연적으로 이루어질 때 적용하는 법칙입니다.

所當然 : 당위로의 규범 법칙으로 사물의 생성이 목적적으로 이루어질 때 적용하는 법칙입니다. 수레는 땅위를 굴러가고 배는 물위에 떠서 가듯이, 임금은 어질어야 하고, 신하는 우러러야 하고 아비는 자애로워야 하며 부부는 신뢰와 분별함을 가지는 법이 소당연에 속한 것입니다.

사람됨의 폭과 깊음을 그리는 노래
- ⑦ 인설도仁說圖

하늘의 바탈性됨이 사람의 性 속에 내려온 어짊仁은
천지가 펴져서 만물을 낳고 낳는 마음과 한길입니다
땅이 퍼지어 으뜸 힘인 봄으로 터져 오르는 원元과
솟구쳐 펴짐이 하늘과 땅으로 가득한 여름의 형亨과
하늘에 올라 맺음으로 돌아오는 힘인 가을의 리利와
곧음과 감춤의 힘인 겨울의 정貞이 천지의 마음입니다

이 넷을 마음으로 얻어 사람됨의 근원으로 삼습니다
그러므로 어짊仁은 사람의 생각이 아직 피어 나기 전의
봄 · 여름 · 가을 · 겨울이 순환하는 계절의 네 德目인
인 · 예 · 의 · 지의 기운이 두루두루 갖추어져 있는데
오직 어짊인 봄기운만이 네 기운을 두루 포옹합니다
어짊인 仁이 天 · 地 · 人의 생명을 온전하게 기릅니다

仁은 만상을 다듬고 기르며 감싸주지 않음이 없습니다
어짊의 봄기운은 생명의 본성이면서 사랑의 원리여서
오직 어짊만이 네 실마리의 으뜸 몸本體을 갖추었습니다
어짊仁이 피어난 뒤에 옳음, 받듦, 앎이 드러나는데
측은지심惻隱之心만이 네 단서를 관통하고 있습니다
두루 흘러가서 통하므로 쓰이지 않는 곳이 없습니다

내 속의 어짊이 피어나서 곧고 바르며 크게 쓰임은
성과 정의 조화 안에서 어짊인 사랑이 피어남입니다
전체로의 가능성을 간직하고 있으면서 발하지 않음은
겉 사람을 속알이 박힌 사람이게 함이 仁의 본체입니다
부분으로 피어날 때의 어짊도 부분과 개체의 본체이며
피어나 절도에 맞음의 측은지심이 어짊의 작용입니다

仁을 알면 公을 체득하여 삶을 붙드는 법을 알게 됩니다
나만의 어짊을 극복하고 받듦으로 돌아가는 仁人이 됩니다
대체로 어울림이 바로 익으면 仁하고 인하면 사랑합니다
효제孝悌는 어짊이 사람과 사람 사이 수평적인 작용입니다
서恕는 사람들에 대하여 나를 보살핌으로 베푸는 것이며
지각知覺은 어짊仁의 길을 바르게 잡아가는 앎知입니다

仁은 사람과 사람 사이에서 方正한 나의 사람됨입니다
어짊仁은 속알이 박힌 나인 천성으로 인간성을 의미하며
人은 다만 거죽으로의 사람 人心 일반을 가리킵니다
유학이 생각하는 인간성이 무르익은 속알박이 나는
내가 있는 곳의 인간과 어울려 있음이 의미가 있습니다
유학의 인간이란 仁과 人이 펼쳐지는 마땅함의 장場입니다

유학의 처음 입장은 인간이 선하게 되는 궁극적인 원천을
인간에 내재한 천성을 배우고 닦아서 밝힘이라 말합니다
어짊의 실현 방법은 자신과 만나는 가장 가까운 곳에서
남이 있는 지평으로 삼투압처럼 확대시켜 나아감입니다
다만 어짊仁은 나만의 주관적 생각이 강하여 치우치므로
네게로 가는 문인 禮와 어울릴 때 공평의 빛이 드러납니다

노인은 기력의 쇠함과 외로움에서 보호받아야 합니다
다만 늙은이에 대하여 세상에서 어른 됨으로 존경함은
노인이라도 자기의 성정을 바로잡고 개선하려는 길고도
피할 수 없는 겸손으로 삶을 가꾸되 겨울처럼 단속하고
삶의 가장자리를 바름으로 꾸미려고 활기차게 나아가는
보이지 않은 앞장섰음이 전제되었을 때의 가능성입니다

내 속의 천성인 네 실마리가 윤리적 보편성을 가짐에서
사람 속의 동정함인 측은지심惻隱之心의 피어남입니다
부끄러움을 느낌의 수오지심羞惡之心의 피어남입니다
겸손하고 부끄러워함의 사양지심辭讓之心의 피어남입니다
옳고 그름의 분별력인 시비지심是非之心의 피어남입니다
사람에 대한 신뢰는 먼저 사단을 붙듦에서 출발함입니다

내 속의 天性을 가꾸고 바르게 키워감의 법에 대하여
중국의 비옥한 땅 우산의 잘 자란 나무에의 비유입니다
큰 나라가 이웃하여 도끼와 자귀가 나무를 잘랐습니다
나무의 크고 아름다움을 우산은 유지할 수 있었겠습니까
하늘이 밤낮 비와 햇살로 우산에 영양을 적셔주었습니다
나무들은 다시 싹과 가지를 틔워서 아름답게 자랐습니다

사람들이 이번은 우산에 소와 양떼를 방목하였습니다
우산은 지금처럼 벌거숭이로 짓밟히고 말았습니다
지금 사람들은 벌거벗은 우산의 황폐만을 보고서
벌거벗은 우산에는 훌륭한 목재가 없었을 것이라고
선한 본성을 망각하듯 우산의 과거를 단정합니다
어찌 그런 모습이 우산의 본래의 바탕이겠습니까

인간에게 간직된 性도 우산의 나무들처럼 곧고
어질며 정의로운 천리의 마음에서 출발하였습니다
사람이 지금처럼 善性을 잃어버림은 우산의 나무들이
혈기의 도끼와 자귀며 人欲의 방목에 쓰러짐입니다
혈기와 몸만의 본성에 하루도 도끼질을 쉬지 않는데
어떻게 性情이 아름답고 바르게 자랄 수 있겠습니까

네 가지의 실마리를 충분히 확대하고 내가 개발한다면
심지가 바르게 타오르고 샘물 본연의 맑음이 솟아나듯이
사람은 제 속의 *存天理*로 제 안팎의 일을 *去人欲*하여서
中과 和의 떳떳함으로 나의 길을 밝히 드러나게 합니다
군자는 끊임없는 주관성의 심화와 보이지 않는 곳에서
삶의 정직과 수양의 열정과 홀로 있을 때도 삼갑니다

성현들이 진정으로 바름을 붙잡은 힘으로의 성정은
상황을 살피어서 부드러운 적응이 먼저임이 아니라
자기의 내면을 옳음으로 다스리는 일관성이었습니다
이런 이가 윗자리에 있으면 아랫사람을 능멸하지 않고
이런 사람이 혹간 아랫자리에 놓여 섬김으로 있을 때는
자기를 낮추어 위아래를 깊음으로 닫고 간직하셨습니다

【註】 인설도仁說圖 : 仁의 실천과 확충을 밝히어 적은 것으로 주희가 짓고 주희가 썼습니다. 인仁은 天 地 人의 조화로운 삶을 말합니다. 철저한 휴머니즘의 사상에 바탕을 하고 있는 유학은 하늘과 땅의 중간에 사람을 세우고 발은 땅을 딛고 힘을 얻으며 생각은 하늘의 터짐을 보고 하늘의 허점까지도 보완하는 철저한 되어감의 존재인 인간을 말하고 있습니다. 즉 인간신뢰에 터를 두고 출발하여 인간의 가능성으로 끝내고 있습니다. 기독교적 관점으로 말하면 철저한 무신론이지만, 성리학은 합리 사고를 추구하는 인간중심의 사고를 신뢰하는 理學 또는 과학이라고 할 수 있습니다.

存天理 去人欲 : 하늘로부터 받은 천성은 키우고 내 속의 욕심을 제거한다는 이 명제는 宋明理學의 가장 중요한 철학개념입니다. 주희는 이 개념을 더욱 확고하게 한 사람입니다. 퇴계는 주희의 이 개념을 더욱 분명히 삶과 학문의 입장으로 세우고 있습니다. 그래서 리기이원론을 주장하였고 나아가 存天理 謁人欲의 의지로 그의 삶을 학문과 일치를 시키고 있습니다. 이런 지행일치의 퇴계의 삶은 평이하고 자상한 것이었지만 후세 사람들이 조금 멀리하는 빌미가 되고 있습니다. 성리학이 이런 근본을 바로 붙드는 실천으로의 학문을 중요하게 여긴 결과 예술의 경우를 예로 들더라도 조선의 백자가 바탕을 꾸미지 않은 질박함을 가지게 된 것이었고 주희가 살던 송나라의 자기가 명료한 깊이와 깨끗함을 가지게 된 것입니다. 곧 지나치게 꾸밈이 바탕을 가리지 않게 하였고 오히려 文飾은 내용 (성정과 존천리)을 잘 드러내기 위한 방편으로 쓴 것입니다.

우산 : 중국에 있는 산 이름, 사람 속에 있는 去人慾으로의 性과 存天理로의 性을 비유하기 위하여 옛사람들이 비유로 한 예화입니다.

마음을 붙듦과 자유함을 그리는 노래
- ⑧ 심학도心學圖

하늘에서 받은 양심과 타고난 고유의 本心과 순수하여
거짓됨이 없는 赤子心과 새벽의 맑은 기운인 大人心은
물처럼 순수하고 허령지각虛靈知覺 신의 밝은 영역입니다
그러나 몸이 주재하는 현실 속에서 마음의 갈피갈피는
일을 고르고 소유하려는 인심人心과 道心이 뒤섞여 있어서
섞임을 정밀하게 살펴서 잡고 그 줄기를 붙들어야 합니다

마음의 주재主宰는 우러름敬 이 한 글자가 처음과 끝입니다
맹자는 마흔에 이르러 동요하지 않은 이 마음 언덕에 닿고
일흔에 공자는 觀自在의 나뭇가지에 마음을 걸었습니다
우러름을 붙들고 내가 일상을 생각하면서 살아감의 길은
내 마음을 바르게 놓음이고 마음의 흩어진 끈을 찾음이며
마음을 제자리에 놓음이고 나를 눌러 예禮로 돌아감입니다

혼자만 아는 마음을 삼가며 삼감을 한결같이 보존하며
경계하고 두려워함으로 마음을 바로잡고 보존함입니다
삼감의 마음으로 살아가고 기름이 마음의 다함입니다
심법心法을 배우고 익혀 감을 잡고 기름이며 베풂입니다
옛 사람들은 마음에 禮의 물꼬를 내기 위하여 人心의
열정과 흥분을 시와 예와 악을 통하여 절제하였습니다

흥겨움을 공기처럼 일어나게 함이 흥여시興與詩입니다
잘 박힌 문화적 자리에 나의 있음과 본성을 정돈하며
내 마음을 너 앞에 바르게 놓음이 입어예立於禮입니다
심포니의 처음이 질서와 조화로부터 무르익어서 갈수록
제소리의 소리를 내다가 다시 통일이 되어 끝을 내듯이
심포니의 終曲처럼 비워 둠의 완성이 성어락成於樂입니다

마음은 내가 붙잡으면 보존되고 놓으면 잃어버립니다
마음이 들고 나는 것은 정해진 때와 곳이 없기 때문에
누구도 마음의 출입과 방향을 가늠하기가 어렵습니다
인간의 본성에는 누구나 도덕적인 큰 몸과 생물적인
작은 몸이 공존하는데 작은 몸은 살아있음의 공통이지만
큰 몸은 내가 仁人이 되어 이웃과 교제로 묶어감입니다

仁은 사람의 마음이고 義는 그 사람의 걸음걸이입니다
집의 닭이나 개를 잃어버리면 힘써 찾을 줄 알면서도
사람들은 이 길을 잃고 버리고 짐짓 따르지 아니합니다
마음의 나를 잃고서도 그 잊음조차 찾을 줄도 모릅니다
내 마음은 나와 하늘이 한길에서 만나는 근거의 집이요
학문은 잃어버린 나의 집을 찾아 닦음에서 비롯함입니다

유학은 자기 길을 바로잡고 가는 이를 선善함이라 합니다.
몸의 나를 떠나 맘의 나에게로 흘러감을 참됨이라 합니다
내 맘 몸의 질서가 바로 선 사람을 아름다움이라 합니다
마음이 알차고 진실하며 빛나는 나를 위대함이라 합니다
위대하여서 그것을 변화시키는 나를 성스러움이라 합니다
성스러움이 효효한 지평의 사람을 신령스러움이라 합니다

유학이 보는 사람은 인격적인 나의 수양됨을 통과하여야
선하고, 참되고, 아름답고, 위대하고, 성스러운 질서 위의
신령스러운 존재로 변환될 수 있음이란 성학聖學의 주장은
사람을 도덕적 이상형에 기초한 지평임을 전제로 합니다
절대의 질서마저 꺾는 서구적 인본주의 발상법이 아니고
우주 안의 하늘과 땅과 사람의 자연스런 인본주의입니다

사람의 마음을 간직하는 바름과 옳음과 참됨의 태도는
마음이 사물을 봄에 있어 사물이 오기 전 맞이하지 않고
사물이 앞에 다가오면 비추어 자연스러움으로 대응하고
대응하고 나서는 나와 사물을 금을 그어 두지 않습니다
方寸의 내 몸이지만 마음을 모으면 태극이 내 안에 있고
흩으면 상응의 미묘함이 허공처럼 무궁함까지 이릅니다

【註】 **심학도心學圖** : 중국 송나라의 학자 서산西山 진덕수가 저술한 心經에 있는 것인데 성현
들의 마음에 관한 것과 마음을 주재하는 경敬에 관한 心學 가운데서 중요한 것을 간추려
체계적으로 도식화하여 설명한 것입니다. 이 도와 도설은 중국의 명나라 학자 정복심이
짓고 심학도설을 붙인 것입니다.

心法 : 선량한 마음가짐과 그 실천을 위한 수도修道를 말합니다. 송대의 유학자들이 특히
강조하여 말하기 시작한 것으로 심체心體를 존양存養하고 심용心用을 바르게 성찰하기
위한 방법입니다.

赤子心 : 욕심이 아직 뿌리 내려 어지럽히지 않는 어린이와 같은 마음을 의미합니다.

밤 기운 : 밤 동안에 생기는 기운입니다. 낮에 흩어진 생활에서 본래의 마음을 잠시 잊었
다가 밤에 다시 본래의 마음으로 회복시키는 그러한 기운을 잘 길러야 한다는 뜻입니다.

人心 : 욕망에 어지럽히고 깨진 마음을 의미합니다.

大人心 : 의리가 갖추어져 있는 본심을 의미합니다.

道心 : 利己의 人心과 대립되는 마음으로 의리로 꿴 一以貫之의 마음을 의미합니다.

觀自在 : 공자가 70에 이르러서 말씀하신 '마음이 하고자 하는 대로 하였지만 법도를 넘
어서지 않았다(從心所欲不踰矩)'는 불교적인 표현으로 바꾸면 '나를 보고 붙잡음'의 뜻
입니다.

혼자 있을 때 더욱 삼감을 그리는 노래

- ⑨ 경제잠도敬齊箴圖

혼자 있을 때에도 더욱 나는 옷맵시衣冠를 바르게 하고
혼자 있을 때 눈의 마음과 마음의 눈을 위로 우러르며
마음은 조선의 항아리 속 새벽 정화수처럼 가라앉히고
있음이므로 더욱 보이지 않음의 하느님을 마주 대하듯이
단단斷斷으로 마음 묶음과 우러러 움직임이 정일靜一입니다

나의 걸음걸이는 새벽 제단을 오르듯 단정하게 하며
두 손은 깨끗하고 밝고 바른 곳에 공손하게 놓으며
땅을 골라 발을 옮겨 밟는 이치는 개미 구멍이 있는
둔덕 사이로 말을 달리면서도 살피어 조심함같이
내 마음을 닦아 절제로 묶음이 우러름의 동작입니다

문을 나가서 사람을 만날 때면 집안의 손님을 대하듯이
공적인 일을 처리할 때는 조상에게 제사를 모심과 같이
나의 생각과 말씀과 행위의 조심스러움과 두려워함을
잠시라도 게으른 편안함으로 나를 풀어놓지 아니함은
아침에 오르는 해처럼 방정함이 우러름의 안팎입니다

열린 무덤 입을 조심하여 지키기를 병마개 막듯이 하고
잡스러운 나의 생각을 통일하여 막기를 성문을 지키듯이
내가 만나고 대하는 사물에 성실함과 공경의 부드러움이
잠시라도 나로부터 나를 살피는 마음을 놓지 않아야 함이
샘물처럼 안에서 솟구치고 솟구쳐남이 마음의 리裏입니다

이런 나와 사람 사이의 나의 겉과 속의 단단한 질서를
붙들고 놓으며 번갈아 털어 바로잡아 살아가는 단정함
나의 겉과 속의 고요와 움직임의 절도를 어기지 않음을
유학은 나의 하늘 섬김의 한 길인 우러름이라 합니다
성학으로 가는 길은 우러름의 열매인 경敬을 지킴입니다

질서란 서쪽 일을 동쪽의 일처럼 처리하지 않음이며
북쪽 일 또한 남쪽의 일처럼 처리하지 아니함입니다
우러름과 옳음으로 나의 속과 바깥을 바로 세움입니다
일을 만나면 마음을 보존하여 다른 데로 가지 않으며
나의 마음을 번거로움에 두어서 흩어지게 아니함입니다

두 가지 일이라고 마음을 두 가지로 가르지 아니하고
세 가지 일이라고 마음을 세 갈래로 나누지 아니하며
마음을 하나에 묶어 하나로부터 만 가지 변화를 살피며
한결같이 묶고 풂이 우러름의 주일무적主一無適입니다
배움에 있는 사람들이 생각하고 조심해야 함입니다

이 늙은이가 보고 겪은 경계의 마음을 갈아 먹으로 써서
우러름敬과 모심으로 나의 행실과 사람들에게 말씀을 올립니다
잠시라도 마음의 틈서리는 만 가지의 사욕私慾이 일어나
나의 사사로움이 뻗치는 곳은 불길 없이도 뜨거워지고
내 사사로움이 웅크리는 곳은 얼음 없이도 차가워집니다
털끝만큼 틀림이 있으면 나의 하늘과 땅은 바뀌게 됩니다

삼강三綱이 침몰하면 구법九法도 마르고 흩어져버립니다
공손하되 우러름으로 받듦이 아니면 더욱 수고로워집니다
신중하되 우러름으로 받듦이 아니라면 더욱 두려워집니다
용감하되 우러름으로 받듦이 아니면 더욱 어지러워집니다
강직하되 우러름으로 받듦이 아니라면 더욱 사나워집니다

군자는 나를 바르게 하고 남에게 먼저 요구하지 않아서
군자가 머무르는 곳이면 어디든지 스스로는 편안합니다
군자는 닦음의 길은 넓히면서 숨어 있음의 겨울 집입니다
부부 사이 어리석음도 이 길을 밝히어 알 수는 있지만
도달하기가 어려움은 성인도 알 수 없는 현묘玄妙함입니다

【註】 경재잠도敬齋箴圖 : 인간생활과 경敬 공부의 요령을 밝히어 적은 것으로 경재잠은 주희
　　가 짓고 경재잠도는 왕백이 그린 것입니다. '이 늙은이의 경계의 마음'은 나이 어린 당시
　　선조에게 '聖學十圖'를 글과 그림으로 올리며 쓴 퇴계 선생을 가리키는 말씀입니다.
　　九法 : 은의 기자가 주나라 무왕의 물음에 답한 천하를 다스리는 아홉 가지의 큰 법칙으
　　로 五行, 五事, 八政, 五紀, 皇極, 三德, 稽疑, 庶徵, 五福, 六極을 가리킨 것입니다.

마음의 새벽과 여밈을 그리는 노래
- ⑩ 숙흥야매잠도夙興夜寐箴圖

보이지 않는 하늘 우러름敬에로 나를 올리며 사는 삶이란
일찍 자리에서 일어나 고요함 속에 나를 앉힘부터입니다
낮은 일에 힘쓰고 저녁은 두려움으로 나를 조심함입니다
새벽닭이 울면 어둠의 지평이 맑고 밝아옴에 밀려나듯이
내 마음 안의 지평이 차츰 고요로부터 열리기 시작합니다
새벽의 우러름으로 나를 정돈하고 나의 심신을 기릅니다

나의 허물을 떠올리며 새로운 탈출구로의 실마리를 찾으면
일의 순서가 조리의 묵묵함 가운데 뚜렷이 나타나게 됩니다
새벽의 맑은 기운으로 일상의 내가 근본으로 자리를 잡으면
먼저 맑은 물에 세수하고 머리를 빗고 의관을 차려서 입고
새벽처럼 단정히 앉아서 나의 몸과 마음의 뜻을 단속합니다
몸부터 마음의 뒤틀림에서 맘부터 몸으로의 바로함입니다

마음 안에 몸을 모으면 나의 생각은 떠오르는 아침해처럼
몸을 엄숙하게 정돈하여 나를 놓으면 중천의 밝은 해처럼
내 마음은 '빈탕한데' 허공虛空이 되고 더욱 밝고 고요하여
마음의 새벽과 창조의 한낮에 나를 머무르게 할 것입니다
우러름의 마음으로 일어나 앉아 온고溫故의 옛길을 대하면
공자께서 앉아 계시고 안자와 증자가 서 있음을 보게 됩니다

나를 닦고 낮음으로 나를 길러 열어 가는 마음의 공부는
먼저 성현의 말씀을 마음에 붙잡고 친절하게 경청하고
제자들이 묻고 따지는 말은 나의 자리에서 되풀이하여
참고하고 연구하면서 나의 편협함부터 바로잡음입니다
好惡의 일에 응하면 나의 행위에서 징험徵驗할 수 있으니
밝은 하늘의 뜻이 항상 나를 두루 살핌임을 볼 것입니다

일에 응접應接함이 끝나면 마음의 새벽으로 다시 돌아가
세상 생각을 고요로 묶고 나의 마음을 더욱 맑게 모아서
진공묘유眞空妙有 빈터에다 생각의 꽃 하나 올리는 일입니다
우러름으로 고요의 밤 기운에 나를 닦고 길러져야 합니다
겨울의 창문처럼 '고디'의 정貞으로 나의 사私를 닫음입니다
새싹의 봄과 청명의 아침 산길로 나를 다시 돌려놓음입니다

저물어서 몸이 고달프면 외물에 흐려 있는 몸의 기운이
마음 본래 맑음까지 억눌러서 마음을 흩어지게 하나니
먼저 내 몸과 마음을 가꾸어서 씻고 장중하게 가다듬어
맑고 밝은 기운으로 나의 심신을 북돋아 주어야 합니다
밤의 깊은 기운으로 나를 키울 때는 손발을 나란히 두고
튀어나간 생각을 거두어 心神을 정돈하여 잠들게 합니다

심신을 모두고 가꾸는 수양의 바르고 단정한 나의 도리는
몸과 마음의 주체를 단단함으로 잡는 충忠에서 출발하여
내 마음으로 너의 마음자리 헤아리는 서恕를 포섭함입니다
두 부모의 자식이 되는 바른 도리는 마음의 주체를 잡아
선택된 집안만의 문화와 물질의 유산에 대하여 끊임없는
보존의 임무와 진보의 매일매일을 포함시켜 나아감입니다

내 정동靜動이 순환할 때면 마음의 눈금을 세밀히 살펴서
마음 안의 때時를 두세 갈래로 흔들어 나누지 않음입니다
힘써 독서하며 쉬는 틈이면 벗들과 노닐면서 나의 심신을
평안으로 피어나게 하여 평정심平靜心의 나를 붙잡음입니다
나의 나됨에서 출발하여 너와 나의 고리나 매듭의 묶음이
하루살이 내 삶의 때垢를 깨끗으로 씻어서 바로잡음입니다

【註】夙興夜寐箴圖 : '숙흥야매'의 뜻은 일찍 일어나고 늦게 잠을 잔다는 뜻입니다. 선비들이 일상적으로 정진하여 공부하는 방법을 밝히어 적은 것으로 유학의 궁극적인 목표는 하루 하루의 생활 속에서 敬을 통하여 내 삶의 至善을 실천해 가는 것입니다. 중국 송나라의 학자 진백陳栢이 짓고 숙흥야매잠도는 퇴계退溪가 그린 것입니다.

빈탕한데 : 우리말 속에서 진리를 찾고 철학을 했던 유영모 선생의 우리말의 연원을 '하늘의 뜻으로 상형문자화한 독특한 언어철학적인 풀이법입니다. 없음에 대한 인식이 아닌 존재론적인 해석으로 '텅 비어 있어 밝음'의 뜻으로 허공처럼 있음은 비어 있어야함의 집이라는 뜻인데 철이 든 어머니의 마음으로 흔히 비유하고 있습니다. 주역의 '움직이지 않으면서 움직이어 통하는 마음'의 적연부동寂然不動과 감이수통感而遂通은 이런 마음의 근본이 서 있는 체용體用을 말한 것입니다.

하루살이 깨끝 : '깨다와 끝나다'의 합성어인데 우리말로 철학을 했던 유영모 선생의 깨어 있는 삶에 대한 독특한 해석법입니다. 하루만 살고 끝나는 벌레의 목숨처럼 덧없는 사람의 일생을 하루 아침의 깨어남과 낮의 한 동안과 저녁의 고요로 끝남이라는 세 매듭으로 본 것입니다. 이것은 점서였던 주역을 자연철학으로 발전시킨 공자가 주역의 뒤에 붙인 계사에 있는 一陰一陽之謂道의 삶을 晝夜之道로 파악하고 해석한 것인데 주역을 깊이 공부하고 우리말로 옮겼던 철학자 유영모 선생의 독특한 우리말의 표현법입니다.

묶음 뒤의 다시 엷을 위한 노래

- 文純公 퇴계 이황 선생님께

모남과 무너짐의 시대에서 다듬어 깎고 세움을 위하여
낮은 울타리 오르는 봄빛처럼 우러름의 한 길, 500년
둥그런 선생의 삶법이 그리워 이 글을 올립니다

견자見者의 시인 랭보는 길이 끝나는 곳에서
사막의 길이 시작한다고 말을 하고 있습니다
앞의 길은 시인 랭보가 살았던 19세기말의
헬레니즘과 헤브라이즘이 점철된 저들의 신 중심에서
인간 중심의 지평으로 넘어오던 서구의 두 직선 위의
소용돌이라고 저의 작은 생각은 보고 있습니다
뒤의 길은 랭보가 꿈꾸었던 자연과 인간이
혼융混融함으로 곡선을 이룬 아프리카,
아프리카의 햇살 길을 가면서 만날 수밖에 없는
목마른 사막의 길을 상징하고 있습니다

梵我一如의 인디아 철학은 지구의 7할이 물이듯이,
작은 宇宙 사람의 몸도 물이 7할이며,
일년이 365일이듯 정상적인 사람의 체온은 36도 5부로,
우리 몸의 오장육부는 땅의 오대양 육대주로,
하늘과 땅의 물과 공기가 사람 속의
피가 되고 불이 되어 돌아가는
자연과 사람이 하나이었음을 말하고 있습니다
이것이 우리의 天人合一의 자연관이며,
태극의 人乃天의 우주관이요
화이트헤드가 말한 유기체적 우주관이요 인생관입니다

흔히 서구의 학자들은 저들에 의하여 저질러진 이 시대를
물질적 풍요 속에서도 정신과 영혼의 흩날림이
모래알과 같은 시대라고 말 또한 흩날리고 있습니다
'나' 라는 생각이 터잡기 전부터 기독교에 의지했던 나에게
83년 11월 바람이 심하던 어느 날이었습니다
지금껏 정신적인 기둥이었던 나의 신에 대한 질서가
모래의 알갱이처럼 무너지는 사건이 생겼습니다
이 일을 계기로 흩어진 내 魂의 집을 다시 얽어 다지고 씻는
치유로의 물길이 우리의 얼 속에는 없을까 하고 찾아 나섰습니다

그러던 중 지금의 현재鉉齋 스승님을 만나게 되었고
다석 유영모의 제자이신 현재 스승님을 통하여 독특한
우리말 子母의 되어감으로의 3단계를 대하면서
말씀 속 우리 얼의 되어감의 계층적 3단계 상징에
눈을 뜨고 나는 놀람으로 고개를 숙였습니다
나는 문제를 언어 속에서 존재로 남을 수밖에 없는
사람다움에서 찾고 사람을 통하여 깨달아야 함을 알아
500년 전 退溪라는 산을 찾고 만나 오르게 되었습니다

또 선생의 삶과 앎에서 나의 문제와 지금 세계가 안고 있는
사람의 상실을 씻을 수 있는 한 대안을 발견해냈습니다
그것은 퇴계 선생의 사는 법이 신뢰와 우러름의 始終과
물의 흐름처럼 평생을 살아가신 종시終始를 볼 수 있었고
기독교 본래의 겸손과 모심의 희생적인 삶이 선생의 학문과
생활 속에서 볼 수 있었기 때문입니다

선생이 본 天 사상처럼 삶의 내적 공간을 확장하여
불안한 사람의 집을 세웠던 시인 릴케는
장미의 가시에 찔려 죽은 것이 아니라
존재의 집인 언어의 가시에 찔려 죽었다고
말하는 사람들이 있었습니다

나는 선생이 우러름(居敬과 持敬)으로 살아가셨던 길이
릴케가 추구한 삶의 내적 공간의 확장과 이어진다고
외람猥濫이나마 생각하게 되었습니다
선생의 앎과 삶의 핵인 천인합일의 天은 사람 속의
性을 통하여 이루어지는데 이것은 릴케가 말하는 열린
내적 공간의 다른 표현이라고 저는 보려고 합니다
즉 사람 속에 갖춰진 천성의 집인 마음(心法)의
동·서양식 두 표현인 것입니다

또 선생이 본 天과 人의 합일은 이룩되어 있음으로의
합일이 아니라 이룩되어감으로 합일입니다
또 릴케가 말하는 불안이 전제되는 실존적인
사람의 앎과 삶과 참에 대한 이해입니다
이것은 퇴계 선생께서 평생을 실천했던
天人合一의 인간관은 동서양이 수평적인 관점에서
바르게 접근될 수 있는 열린 가능으로 지평인 때문입니다

선생의 앎과 삶을 대할수록 저는 퇴계를 붙잡는 일은
비유컨대 토르소의 두 손으로 물건을 잡는 행위처럼
먼저 절망감을 맛보는 일에서 출발이었습니다
그러나 선생이 남긴 글 속에서,
후학들과 주고받은 편지 속에서,
선생의 앎과 삶을 진단하며 쓴 동서양 학자의 글 속에서
저도 나름대로 선생의 몸가짐과 마음의 가늠을 대하면서,
向上一路, 사람됨의 법과 길을 이해하는 작은 계기가 되었습니다

선생의 앎과 삶에 비하면 나는 덜 마른 쑥과 같은 존재요
삶이지만 힘을 얻어 이 편지를 띄우는 용기를 얻었습니다
다시 쪽 된 변명 같지만 제가 선생을 처음 찾게 된 동기는
내 삶의 魂의 목마름이 모래알처럼 서걱거림에서 출발이었습니다
선생의 삶에서 본 것은 하늘(時間)과 땅(空間)과 사람(人間)의
조화로의 중요성이었고 삶의 조화는 결국 사람의 문제요
우러름을 아는 사람만이 일의 실마리를 풀 수 있다는
신념을 나는 퇴계로 가는 문을 통하여 볼 수 있었습니다

셋째 마당
學林 마을 四季

퇴계의 종택

學林 마을 가는 길

매듭 하나

떠 남

안동의 예스러운 말씀법과 예법을 찾아 몸나를 떠납니다
봉화로 가는 밝은 불길과 청량산의 서늘함으로 이어지는
인적 드문 35번 국도를 구절초 향기가 가을 문을 엽니다
예스런 안내의 말씀들이 햇살 속에 다소곳이 서 있습니다
굳은 나의 목이 시골버스에 몇 번 흔들리며 삐걱거립니다
도산서원 찾아가는 퇴계로는 굽이 잦은 아늑함이었습니다

【註】 **學林 마을** : 5년 전(1998년 가을) 도산서원을 찾았을 때 宗宅에 들려 이근필 선생(종손)
과 얘기를 하던 중 退溪를 중심으로 宗宅, 온혜의 태실, 건지산, 도산서원 등 선생의 얼
이 깃들여 있는 곳을 이런 제목으로 시를 써 보겠다는 약속을 하고 필자가 붙여본 이름
입니다.

몸나 : 다석이 말하는 사람의
철듦의 3단계 중 처음 단계입
니다. 몸나에서 맘나로 다음이
얼나의 단계로 성숙됨입니다.
이 3단계(내 몸의 욕심만을 추
구하는 단계에서, 내 마음에 중
심을 잡는 단계로, 없이 계신
영의 세계인 하나를 잡는 단계)
로 오르는 것이 유교이기 때문
에 불교나 도교 기독교와 다른
사람의 되어 감을 중시한 유학
이 보는 실존적인 사람의 삶입
니다. 그래서 유교는 종교가 아
닌 삶의 도리입니다.

매듭 둘

만 남

흐르는 물소리 위에 집을 지어서 살았습니다, 退溪 선생은
흘러가는 물처럼 물욕을 거두며 살았습니다, 퇴계 선생은
한여름에도 문을 닫고 붙들었던 周易工夫로 몸은 여위었고
제자에겐 말씀을 높이고 학문의 典故는 정밀함으로 붙잡았습니다
비판은 부드러움의 수용과 당신의 입지는 敬으로 다져 올렸습니다
上溪에는 宗宅이 있고 하계의 산기슭에 선생은 잠들고 있었습니다

【註】身退安愚分(몸이 물러나니 어리석은 분수에 편안하다)
　　學退憂暮境(학문이 후퇴하지 않을까 늙음을 근심한다)
　　溪上始安居(시내 위에 비로소 편안한 자리를 마련한다)
　　臨流日有省(흐르는 물을 맞아 하루의 삶을 돌이켜 본다)
　　선생이 쓴 '退溪'라는 시입니다. 이 시에는 퇴계가 당신의 삶의 방법을 호로 선택하고 자
연과 자신의 삶을 합일하면서 살아간 모습이 잘 나타나고 있습니다. 외적인 자연을 마음
의 덕을 닦는 본연의 이치와 결부시켜서 살아가려 했던 모습이 잘 드러나 있는 시입니다.

돌아옴

나락이 머리 숙인 논둑 길 걸어 퇴계 선생 기념공원에 갔습니다
지난 여름 폭우에 공원은 맨살의 흙과 잡초들이 얽혀 있었습니다
선생의 사계절 시가 찢겨진 생살처럼 돌 위에 새겨져 있었고
갓 먹물이 흐르는 듯 글 위에 가을의 햇살이 찰랑거렸습니다
선생이 흐르는 물 위에 집 짓고 흐름만은 변함없음으로 살아가신
선생의 얼이 그리워서 學林마을 가을 길을 혼자서 걸어갔습니다

【註】 물은 흐러가는 동작이 변함이 없습니다. 물의 본질인 흐러감은 '늘' 과 '항상' 이라는 불변함입니다. 나는 이 물의 '늘' 과 '항상' 을 서구에서 말하는 실존이라는 말과 동격이라 생각합니다. 또한 '변함이어야만 늘' 이라는 '能變如常' 은 주역에 있는 말인데 동양의 자연주의 관점인 生生의 원리를 잘 나타내고 있는 말이기도 합니다.

어짊仁이 사는 마을

매운 바람의 솔기 도사린 도산서원 이른봄을 걸어갑니다
매화 늙은 가지 하얀 꽃잎들이 하늘 아래 피어 있습니다
헝클어진 마음과 눈을 들어 도산의 하늘을 우러러봅니다
검은 매화 가지들이 겨울 땅에서 옛 손을 들고 있습니다
선생은 겨울 속 봄의 눈금을, 나는 떠도는 혼 겨울입니다
예나 지금도 매화는 하늘을 향해 오르고 피어남입니다

매화가 하늘 향해 피듯 본래 사람의 하늘 닮음의 천성은
廻光返照, 달이 하늘 안의 해를 만나 밝게 오름입니다
그러나 하늘 아래 땅만 바라보는 마음의 내 슬픈 그림자
흔들리는 물결의 춤입니다. 먼지만 가득한 거울 방입니다
흔들리면서도 몸만의 발길을 붙잡고 걸어 나가야 함은
선생이 그린 봄 마음의 어짊 그 한 길을 그려봄입니다

매듭 다섯

받듦禮이 사는 마을

여름의 볕이 등을 타 내리는 도산서원을 찾아갑니다
덮이어 걸어둠으로 더욱 목마름의 열정洌井 앞에 섭니다
선생은 敬以直內 겨울 세월을 매화꽃 올리듯 가꾸시면서
난초 몇 분쯤은 놓는 왜, 그 蘭꽃 옆에는 앉지 않았을까
문발로 가리고 하얀 소매로 붓을 들어 난을 치지 않았을까
예나 지금이나 삶의 남아돎을 즐긴다는 난초 몇 분쯤을

품격의 삶은 부드러움과 남음이라 들쑤시는 세상에서
난초의 호사와 향기처럼 넉넉한 부드러움을 부풀리는
난초의 포근한 삶을 만지작거리면서 바라보지 않았을까
매화꽃은 떨어지고 더러는 병든 매화 잎이 매달린 節友祠
꽃이 사라진 義以方外 매화의 늙은 밑동 여름을 바라봅니다
핀둥핀둥 나처럼 웃자란 절우사 잡초들의 여름을 봅니다

【註】敬以直內 : 주역의 계사에 나오는 말입니다. 敬以直內 義以方外(공경함을 가지고 나의 내
면을 바르게 함과 옳음으로 내 안의 나를 붙잡을 때 우러름이 밖으로 드러낸다)로 짝을 이루고
있는 말입니다. 송나라 철학자 주희는 그의 작은 골방 같은 서재에 敬齋 義齋라는 이름을 붙여
삶의 내외의 조화를 추구하며 살았습니다. 주희의 이 삶법을 본받아 사람됨의 방정함을 추구
하였던 조선의 성리학자들 중 특히 사림파가 힘을 쏟았던 삶의 기본 패턴이었습니다.

옳음義이 사는 마을

도산서원 가을의 길을 여름 신발로 찾아갑니다
허둥대면서 살아온 젖고 빠져서 두 발의 발 냄새
進道門 안의 가을 햇살 속에 부끄럼처럼 숨겨놓고
물기의 마음을 털어서 말리면서 두 손을 모았습니다
東西 光明室 마루 아래 붉은 마음을 벗어놓습니다
기러기 한 떼가 도산서원 하늘 기슭으로 돌아옵니다

근래 들어서면서 극성스런 게릴라 성격의 폭우가
강의 가슴까지 저렇게 헐뜯어 할퀴고 지나간 자리
서원 앞의 탁한 물결에 나의 발길이 무너집니다
무너진 가을 한쪽에 기러기 한 떼가 앉아 있습니다
새벽이면 창문 열고 하늘 우러르며 당신의 길을 보았던
선생의 가을 창문 같은 가르침 밖에서 서성입니다, 나는

진도문 앞에서

129

매듭 일곱

앎智이 사는 마을

도산서원 겨울 하루를 높새바람처럼 지나갑니다
낡은 기둥 암서헌巖栖軒의 겨울마루를 쓸어갑니다
서원은 바람에 쓸리는데 내 몸은 검고 단단한 의상의
가벼움과 포근함이 중늙은이의 가슴을 감싸고 있습니다
베布 몇 필 팔아 가죽옷 하나 살까, 선생의 가난한 물음
선생은 구멍 난 羊毛裝 하나로 늙은 가슴 여미었습니다

궁벽한 얼나의 길을 청려장에 의지하고 오르내리시던
500년 전 조선의 푸른 기개와 맑은 가난을 생각합니다
구멍 뚫린 羊毛裝 속의 선생의 겨울 가슴을 생각합니다
선생의 빈궁한 삶과 단단한 우러름의 세월을, 나의 걸음은
혼을 씻어 목판에 새기신 선생의 앎의 집 장판각 돌면서도
겨울 문밖 잎들처럼 딩구는 詩心의 내 혼을 고백합니다

도산서원 巡禮

— '쌀과 살'의 벌판에서 '올과 얼'의 언덕으로

매듭 하나

도산서원 매표소 앞에서

鄒魯之鄕碑,
낯선 한자가 압도하는 낯설음의 매표소 앞에 섭니다
왜 추로鄒魯의 고향일까 씁쓸함으로 나를 달래면서
흘러가는 물길 건너 산 위의 하늘을 우러러봅니다
흐르는 낙동강 기슭의 작은 섬 試士壇을 바라봅니다
경상북도 유형 문화재 33호, 시사단 오르는 계단을 봅니다

나룻배도 없는 가을 강기슭을 걷는 마음의 내 그림자
試士壇 오르는 길은 벌써 겨울 그림자가 드리웠습니다
옛 모습이 지워지듯 가을 계단에는 사람이 없습니다
雲影臺, 구름 그림자 한 조각으로 다시 서는 나의 그림자
흰옷 사람들의 기침소리와 대숲의 바람소리가 그립습니다

【註】쌀과 살의 벌판에서 울과 얼의 언덕으로:물질세계인 현상에 매인 삶에서 정신세계인 실재
　　에 대한 관심을 가지는 삶으로의 여행이라는 뜻으로 김흥호 목사님의 표현입니다.
　　추로지향 : 추·노는 중국의 나라 이름, 노나라는 공자가 태어나고 추나라는 맹자가 태어
　　난 나라라는 뜻으로 공(孔)·맹(孟)으로 이어지는 동양의 유학이 퇴계에 의하여 이곳에서
　　이어서 다져지고 성숙하게 되었다는 뜻을 생각하면서 근래에 세워진 기념비입니다.
　　試士壇 : 정조 16년 임금이 평소에 흠모하던 퇴계 선생의 학덕을 기리기 위하여 세우고
　　어명으로 특별과인 '陶山別試' 를 보게 했던 장소입니다.

매듭 둘

魂의 샘물

열정冽井,
열정이란 우물의 길 도산서원 여름을 처음 찾은 날은
오르내리는 두레박 가득 물의 힘을 느끼고 물을 올려서
우물의 깊음과 찬물의 참을 마시면서 마음을 헹궜습니다
지금은 뚜껑이 잠기고 난장의 수도꼭지들만 부스럼처럼

도산서원을 찾아오는 사람들의 발길은 잦아지는데
冽井의 물깊이를 묻고 물을 올리는 이는 없습니다
이 겨울 덮인 뚜껑 우물물의 그리움을 서성거립니다
빈 그리움 내 마음 두레박만 겨울 속을 오르내립니다

【註】冽井 : 주역 정괘井卦의 井冽寒泉食(우물이 맑고 차니 먹을 수 있다.)에서 인용한 것으로
도산 서당의 입구에 있는 선생이 식수로 했던 우물의 이름입니다.

정 우 당

도산서당 淨友塘에
하얀 연꽃 두 송이가 피었습니다
진흙과 흐린 물에 씻겨야 맑은 눈 마음을 떠서
하늘로 올라가는 淨心의 꽃봉오리

淨友의 꽃 蓮을 심어 선생은 당신 마음 때(垢)를 보고
먼저 당신부터 게으름의 때(時)를 씻으며 살았습니다
연잎들이 무성하여 더욱 한가한 도산서원 한낮의 정우당
청개구리 한 마리 연꽃 그늘에서 눈을 뜨고 있습니다

【註】도산 서당 : 남향을 향한 세 칸 집으로 퇴계 선생의 생전에 농운정사와 함께 지어서 벼슬
길에서 물러나 제자들을 가르치던 곳입니다.
정우당 : 선생이 도산서당의 뜰 앞에 파서 연을 심으며 완상했던 곳입니다. 주렴계의 愛
蓮說에 보면 蓮의 특징을 中通外直이라 하였습니다.

절우사 앞에 서서

절개의 벗들이 사는 절우사節友社,
나무들처럼 하늘 바라는 하늘 마음으로
단을 쌓았습니다, 선생은
삶의 견고한 매듭 네 개의 상징을 가꾸고 다짐하면서
연약한 마음을 흙에 옮기어 심었습니다, 선생은

매화를 심어서 겨울이 가고 있음의 길목을 지켜보았습니다
대를 심어 삶의 두 매듭 대금과 죽창의 소리를 들었습니다
국화꽃 환한 달이 오르면 제자들과 국향의 술잔을 들었습니다
솔을 심어 움츠리는 당신의 겨울 마음 푸름 울타리로 걸었습니다

삶의 매듭을 선생은 매화와 대나무를 맞섬의 두 상징으로
서당 기슭에 국화와 소나무는 둘러 향기처럼 가르침을
하늘 오르는 마음 매듭이 그리워 이름을 지었습니다, 節友社

【註】 節友社 : 도산서당의 동쪽 산자락에 조그만 평지를 만들어 매화, 소나무, 국화, 대나무 등
절개 있는 벗들의 모임이라는 뜻을 담고 있습니다.

몽천의 꿈

몽천蒙泉,
물의 가르침 앞에 내가 먼저 서리라

나를 바름으로 깨운 뒤에 사람을 기르리라
蒙以養正,
어린 제자들 보며 바로 서서 가르치리라

산기슭에 맑게 솟아 흐르는 물을 두어
마시면 목마름이 가시고 또 목이 마르는
마셔도 목마름이 있음의 이치를 가르치리라
蒙泉 속의 蒙以養正

솟고 솟아나야 함의 끝은 결국 아래로
다투어 아래로 내려가는 철든 어머니처럼
오를수록 내려감의 하늘 이치를 배우고
가르치리라
蒙泉,

그러나 내가 찾아간 겨울날의 도산서원
돌에 새겨서 마른 이름만
마른 땅위에 박혀 있는 이 이름만의 목마름

蒙以養正의 蒙泉,
도산서원을 돌아가는 겨울 바람만
蒙泉이라 새긴 돌 위에 정박하고 있었습니다
떠들면서 지나가는 사람들 저만큼에서
폐선처럼 닻을 내려 놓고 있었습니다

유정문을 바라보며

유정문幽貞門,
출입문은 그윽하여야 더욱 곧음의 문이 됩니다
출입문은 여닫음이 반듯하여야 그윽하고 곧음이 됩니다
그윽한 곳에서 자연처럼 배우고 닦는 사람만이
幽貞, 깊고 곧은 마음의 출입문은 스스로 열리고 닫힙니다
그리고 바르게 닫음의 그윽함을 지킬 수가 있습니다

선생은 당신이 출입하는 幽貞門은
싸릿대의 문으로 만들었습니다
선생이 출입하며 바라보는 싸릿대의 문
싸리나무처럼 잘 붙는 불의 성정을 생각하면서도
묶이어 더욱 불이 잘 붓는 싸리나무의 불길
불길처럼 앎을 세우고 불길 뒤의 재를 그리면서
바삭거리는 싸리나무 소리를 묶어 출입문을 만들었습니다

도산서당에 앉아

도산서당陶山書堂,
낮은 지붕 올리는데 4년이 걸렸습니다, 선생은
세 칸 방의 벽을 바르는데 4년이나 걸렸습니다
좁고 낮은 방 하나에 여윈 몸 의지하면서
낮은 마음 큰 가르침 베풀었습니다, 선생은

선생은 엎드림으로 즐김이 만져지는 집이라고
玩樂齋라 이름하였습니다
두세 명 비껴가는 작은 마루는
바위에 깃들여서 학문의 조그마한 효험이라도
붙잡으리라 다짐하면서
암서헌巖栖軒이라 이름을 걸었습니다

농운정사에서

농운정사 隴雲精舍,
농운정사 모퉁이를 돌아갑니다
도산서원 하늘에 마침 흰 구름 하나 걸렸습니다

옛날 중국의 청빈한 선비 하나 관직에서 물러나
농산 隴山 기슭에 엎드려서 하늘을 보며 살았습니다
언덕 위에 걸리는 구름을 보면서 살았습니다
어느 봄날 옛 동료들이 지금의 관광객들처럼
우루루,
그의 하늘지붕 언덕의 집을 찾았습니다

청빈한 선비는 대접할 만한 음식이 없었습니다
소반에는 하늘이 비치는 맑은 냉수 한 사발씩
그리고 山에 굽이굽이 걸려 있는 구름 한 자락씩
손님접대에 족하리라 내놓았습니다

이 애기의 옛날을 선생은 가르침의 집 堂號로 하면서
도산서원에서 공부하는 사람들은 가르치는 자가 먼저
청빈을 체득하여야 하고 배워서 가르치는 사람 또한
후학들에게 이 가르침이 본이 되어야 한다고
선생이 먼저 농산의 맑은 물과 구름의 이랑을
언행言行의 보습을 달아 갈았습니다

【註】 농운정사 : 중국의 시인 陶弘景의 시에서 인용한 것으로 언덕 위의 구름을 사랑한다는 의
미이며 제자들이 공부하였던 집입니다. 선생이 제자들에게 공부에 열중하기를 권장하는
뜻으로 한자의 '工'字를 본떠서 짓게 한 것입니다. 또 하나의 특징은 넓고 밝게 트인 사
람이 되라고 창문을 많이 낸 것입니다. 동쪽의 마루를 시습재라 하고 기거했던 가운데 온
돌방을 지숙료라 하였으며 휴식했던 서쪽 마루를 관란헌이라 하였습니다.

전교당 뜰에서

전교당典教堂,
선비들의 버선소리 들리는 듯 대청마루 해거름을
고운 마루 먼지 닦으면서 나는 앉았습니다
進道門 들어서면 균형 잡힌 어울림이
가장 아름다운 집 典教堂

도산서원 찾았던 선비들의 책장 넘기는 소리가
꿈결인 듯 아련하게 펼쳐집니다
이곳은 겨울이면 햇살 속에서
여름이면 그늘에 앉고 때로는 서성거리듯 걸어가며
사방으로 난 문들처럼 나를 활짝 열고
사방에서 불어오는 바람의 느낌처럼 나를
막힘 없이 열어서 토론하며 학문을 이루고
때로는 문을 닫아야 하는 이치처럼
열림의 나와 닫힘의 너를 만나게 했던 典教堂

【註】 典教堂 : 典範을 보이고 교육을 행하는 곳이라는 뜻입니다.

진도문을 들어서며

진도문進道門,
道理됨으로 처음 나아감의 문을 들어섭니다

進道門 동쪽의 집 박약재博約齋는
학문이 넓고 깊을수록 받듦禮은
일상의 마음 안에 깊이 새기고
나를 여미어야 함임의 말씀을 붙잡는 집입니다
서쪽의 집 홍의재弘毅齋는
선비라는 길은 험하여서 마음이 넓고도
뜻이 굳세어야 함임의 의지를 키우는 집입니다

여미고 넓힘과 하나를 잡아 떳떳함의 두 매듭이
배우고 가르치는 사람의 몸과 마음에서
또는 먼길을 가는 수레의 두 바퀴처럼
두 날개 새의 자유처럼 자연스러움의
선비가 됨의 도리를 안내하는 門의 집입니다

진도문을 나서면 먼 길까지 펼쳐지는
나의 이룸이 어디까지인가
進道門은 낙동강 물길이 바라보임처럼
유학의 길이 보이는 집입니다

시습재와 관란헌

시습재時習齋,
시습재란 현판이 있는
동쪽의 작은 마루에 앉아 봅니다
때때로 배운 것을 익혀 쓰며 학습하는 곳이라는
배움은 성현의 말씀을 따르고
익힘은 나의 일상의 생활 속에서
아, 이 사람됨의 숨막히는 수련의
배운 그것을 다시 익히는 일의
권태로움의 끝은 얼마였을까
사각형의 좁은 마루방 여기서 손을 뻗으면
손이 닿을 듯이 있는 머물러 잠자는 집, 止宿寮
지숙료 그리워하며 깜박거리는 나의 게으름 같은
선비 몇 사람은 없었을까

관란헌觀瀾軒,
관란헌이라 이름하는
서쪽의 마루에 앉아봅니다
관란헌에서 바라보는 천리의 물길 낙동강의
自强不息을 가르치고
그 가르침을 바라보았던 강물 속의 옛 얼굴들
낮과 밤으로 흘러갑니다

흘러가는 것들 속에서 흘러감만은 변하지 않는다는
쉬지 않는 물을 보면서 얼나로 오름을 쉬지 않는다는
가을 잎 하나 날아오는 관란헌 마루
문득 깨달음도 낙동강 기슭에 떨어지는
다시 가을 잎들 뿐

【註】 時習齋 : 논어의 學而篇에서 가져온 것으로 배운 것을 때때로 복습한다는 의미입니다
　　 觀瀾軒 : 흐르는 물결을 보면서 세월이 가기 전에 공부를 열심히 하라는 경계의 뜻을 가
　　 지고 있습니다.

역락서재의 길

역락서재亦樂書齋,
배우고 배운 것을 익힘이
또한 기쁘지 아니한가
글벗이 글벗을 찾아옴이 또한
즐겁지 아니한가
나를 알아주는 이 없더라도
괜찮다는 亦樂書齋의 길
좁은 길을 가다보면, 나에게 성이 나지 않았을까

과연 그럴까
그렇지 않음을 그러함으로
기쁘고 즐거움으로 공부하는 일의
바라보는 괴로움의 끝은 어디였을까
亦樂書齋

【註】亦樂書齋 : 논어에서 인용한 것으로 먼 곳에서 글벗이 찾아오는 것을 즐겁게 여긴다는 뜻
입니다.

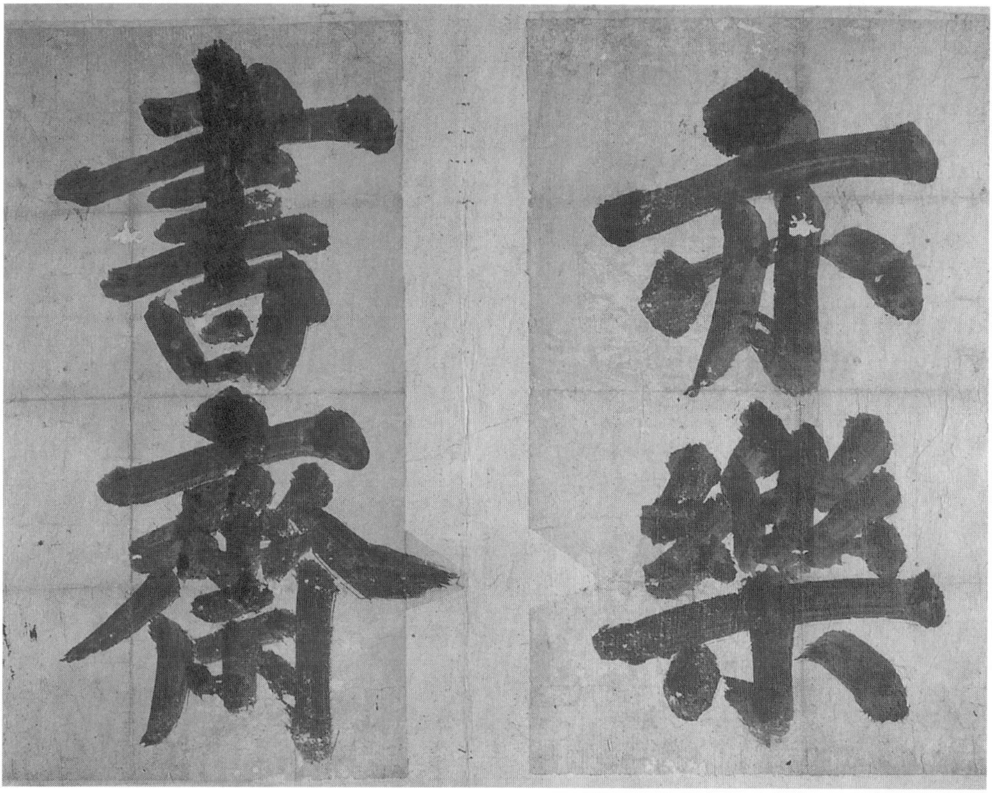

亦樂書齋 앞에서

동서 광명실을 바라보면서

동서 광명실東西 光明室,

光明의 도리는 하늘의 햇빛처럼

하늘의 도리가 아래로 내려와 만물을 낳고

사람은 하늘됨의 도리를 비치어 빛나게 한다는

광명실은 만 권의 책들이 저녁의 별빛처럼

잠들어서 더욱 빛나는 곳입니다

배움에는 끝이 없는, 다만

나날이 이루고 다달이 나아가 어둠을 걷어

빛나는 通天의 길

밝기를 계속하는 배움이어야 한다는

지금은 저렇게 서양인들까지 선생의 흠모함이

발걸음 가다듬어서 걸어가는 속에

끼어 가는 내 순례 길

이제는 동서고금의 사람됨의 길과 한 빛줄기가 된

東西 光明室

【註】 光明室 : 진도문을 중심으로 동·서 양쪽에 배치된 서원의 장서고藏書庫로서 습해를 막기 위하여 누각의 형태로 지은 것입니다. '수많은 서적이 인간에게 광명을 준다'는 뜻입니다. 동 광명실은 옛 典籍을 소장하고 있으며 서 광명실은 서원 관계 문서와 근래에 발간한 서적을 보관한 곳입니다.

장판각을 돌면서

장판각藏板閣,
목판木板을 잘 갈무리하여 간직함이라는
장판각은 전교당 동쪽
고졸古拙함이 성기어서 소슬함의 이 냄새
맑은 바람이 잘 들고나는 집입니다

도산 12곡 등 목판의 활자들이 살고 있는
도산서원의 오늘이 있게 한 곳입니다
나를 깎고 나무를 쪼아 나무들의 속살에
하나하나 나를 새겨놓은
선생의 학문이 살아있는
혼의 살점이 묻어나는 집입니다

상덕사上德祠 앞에서 머리를 숙이며

상덕사上德祠는
퇴계와 그의 제자 월천의 神位가 모셔 있는 집입니다
사제師弟와 도통道統의 오직 한 길을 걸었던
擇善固執의 두 사람
스승 퇴계와 제자 월천은 실수實修로의 오직 한길
상덕사는 민족의 두 얼 스승이 살고 있는
얼의 혼역魂驛입니다
동양의 제자들은 선생 받들기를 빛을 주는 햇살덩이로
제자의 도리는 그 빛 받아 반사하는 암체인 달덩이로

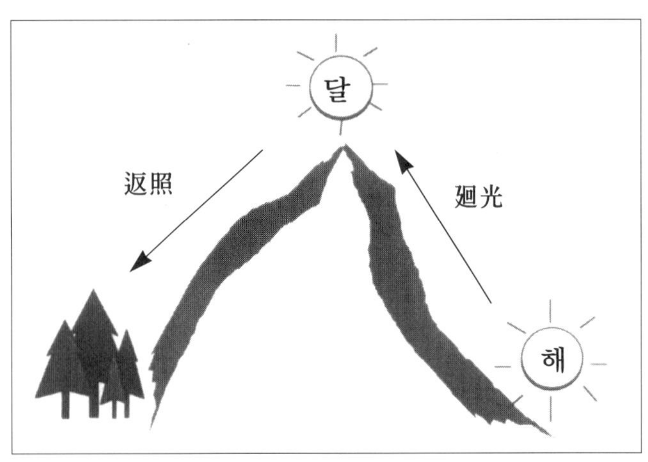

[廻光返照]

후학의 길에 들어온 선비들은 달을 보고
있음으로 無의 집 해의 존재를 그렸습니다
이것이 동양의 學統이요 道統의 길입니다
서원에서 공부하는 사람들은 해 아래 살면서 내
흙덩이의 몸이 해를 품는 달이 되는 꿈을 꾸었습니다

월천은 퇴계라는 오직 한 길 해 아래 살았습니다
도산에 해가 진 뒤에 구름 섞인 하늘 보면서
사람됨의 도리가 아주 어두워질까
83세까지 월천은 허리띠 조르며 도산서원의 초생달이 되고
퇴계라는 해를 품고 새벽을 잇는 서늘함의 그믐달이 되고
퇴계의 性理와 우러름의 삶을 간직한 보름달이 되었습니다
회광반조廻光返照 스승과 제자가 한 얼의 덩어리로 얼의 驛
월천은 도산의 햇덩어리가 되었습니다

뜸한 발길들의 상덕사는
쌀과 살의 언덕을 넘은 을과 얼의 벌판 집입니다
師弟의 우러름이 정갈한 제기祭器 안처럼
빛과 혼이 다시 살아 찰랑거리는 神殿입니다
나의 덕을 기르고 사람 숭상하기를
제사 지내듯 하라는 尙德祠
예스런 말의 법과 禮를 배우러 내가 찾을 때면
문은 잠기고 봉인되어 있었지만
상덕사는 사람됨의 을과 얼을 그리움으로 더욱 잠가
닫쳐서 더욱 열려 있는 얼의 지평 벌판 집입니다

【註】尚德祠 : 퇴계선생과 월천 조목 선생의 神位 모시고 享祀를 지내는 사당으로 1574년(선조 7년)에 건립되었으며 도산서원의 맨 뒤에 자리하고 있습니다. 건물구조는 전교당과 비슷하며 네모의 단순한 기둥에 부연(짧은 서까래)이 없는 홑 처마로 매우 검소하게 지은 건물입니다.

實修 : 心經을 중심으로 학문 연구와 심성의 수양을 갈고 닦았던 퇴계와 월천의 師弟관계를 필자는 '티베트 死者의 書'를 통하여 세상에 알려진 바르도(bardo, bar:사이라는 뜻과 do:매달다, 던지다의 뜻)란 말을 빌어 두 분의 관계를 살펴보고자 합니다. 참다운 사제로서의 스승이기를 그만두고 제자이기를 그칠 때 이루어지기 때문입니다. 實修와 같은 말로는 친자親炙(직접 가르침을 받음)라는 뜻이 있습니다. 티베트어 바르도가 지닌 뜻이 두 분의 사제관계와 學統의 고리를 설명하는 데 도움이 된다고 나는 보고 있기 때문입니다. 바르도란 스승과 제자의 修行過程에서 한 상황의 완성과 다른 상황의 시작 사이에 걸쳐 있는 '과도기' 또는 '틈'이라는 의미입니다. 나는 월천의 삶을 보면서 퇴계를 정리하고 잇는 '틈'의 역할을 월천 조목이 하였다고 보기 때문입니다. 또 월천의 역할을 이렇게 보는 이유는 소수서원과 도산서원을 중심으로 하여 士林이 중심이 된 영남학파가 도산서원과 퇴계의 學脈으로 자리잡힐 때까지 월천 조목의 위치는 바르도와 같은 역할이 되었고 나아가 우리 몸(고체)을 드나드는 기체와 액체와 같은 역할과 고리가 되고 있기 때문입니다. 또한 퇴계를 연구한 여러 학자들이 퇴계와 월천의 관계를 공자와 그의 수제자 안회로 비유할 정도로 두 분의 관계에서 월천은 퇴계가 지키고 걸어온 길을 따르고 지키기 위해 혼신의 힘을 다했기 때문입니다. 그러나 이 학통 중심의 영남학파의 견고성은 주자를 중심으로 하는 성리학의 凝結으로 굳어지게 됩니다. 영남학파의 학맥은 곧 우리 나라의 성리학의 중심이지만 영남학파라는 派에의 집착은 물 갈래는 물에 의하여 생기고 물에 의하여 소멸되는 '물 속의 파도'라는 이치는 점점 경시하게 되어 그 결과 그 물 갈래를 잡고 지킨 지나친 학통에의 옹호가(퇴계나 월천의 경우 양명학 비판의 경우도 그 본질을 보고 객관화한 비판이 아니라 금지를 위한 경계의 성격이 짙음) 우리 나라 학문의 영역을 좁히는 필연의 결과를 가져오게 되었습니다. 바꾸어 말하면 이런 漸修적인 입장의 유학이 굳어져서 또 한 갈래인 지행일치의 양명학 같은 신선한 물 갈래가 이 땅에 발을 붙이지 못하게 끊어버린 것을 필자는 안타깝게 생각하고 있기 때문입니다.

옥진각의 감회

전교당 서쪽의 쪽문을 따라 계단을 내려오면
고샅길처럼 그리움의 좁은 계단 西光明室을 내려오면
살아 선생의 몸가짐과 마음가짐의 집
아직도 빈한의 얼 냄새 묻어나는
玉振閣 현판과 마주하게 됩니다

출입문 입구에는 검푸른 선생의 청려장
덜 다듬은 명아주 매듭 앞에 마음이 머뭅니다
저 매듭의 세월처럼 절뚝거리며 살아온
몸나의 얼뜬 나의 몸과 맘을 돌아봅니다
안으로 눈을 옮기면 선생의 헐렁했던 맨몸처럼
靈明一點의 살과 혈血의 흔적들이 있습니다
찢어진 혼천의渾天儀 안은 대나무로 얼키설키
선생의 하늘마음과 그리움의 목마름을 만납니다
마음의 거친 촉 하나 선생의 투호投壺에 던지면
흔들리다 꽂히는 촉 하나 마음 꿰어 떪을 봅니다

유리 진열장 안의 터지고 찢어져 속이 꺼진 안쓰러움
선생의 마른 풀 안석安席을 보면서 좁고 메말랐던
선비의 조선이 되어 서는 두려움과 곤궁함을 봅니다
일상의 피로를 의지했던 두 팔꿈치와 닳고 해어짐의
터져서 빈 자리가 나의 가슴을 아리게 합니다
작고도 빛 바랜 선생의 작은 서안書案 앞에서
선생 향한 그리움의 마음을 열고 앉아 봅니다
그리움의 마음으로 일어섰다가 다시 앉아봅니다

「도산십이곡」 판목

도산서원을 나서며

옥진각玉振閣,
두 손으로 문을 닫으며
도산서원 경내를 바라봅니다
서원의 기와집과 지붕과 추녀의 서까래들과
세월이 바르고 간 자연의 단청 문짝들과
낮은 팔짝 기와집들이 상덕사까지 소슬함으로
하늘 향하고 낮은 엎드림의 기와집 추녀의 날개와

도산서원에서 바라본 시사단

도산의 부드러운 능선처럼 선생의 학행일치 삶과
서원의 기슭을 따라 낙동강으로 흘러감의 길

빈둥빈둥 흔들며 가는 사람들과 핀둥핀둥 뒤따르는
해거름 가을 길 아래 긴 모가지 나의 그림자
나의 그림자 꿈이 試士壇의 작은 섬에 머물다가
검붉은 어둠 낙동강에 섞이어 사라지고 있습니다

【註】 도산서원 순례의 시 17편은 선생이 도산서원의 건물과 주위의 풍광을 노래하며 쓴 陶山
雜永의 시들을 생각하고 또 마음에 그리워하면서 쓴 것입니다.

넷째 마당
생각의 집

온혜리의 퇴계 선생의 태실

빛의 탄생

천오백 년 선생이 살았던 때는
조선의 다섯 임금 앞 뒤 섞인 울음소리가
서북풍에 휩싸이던 가당찮은 때였습니다

호랑이에게 쫓겨 우물로 뛰어드는 형국이랄까
허리띠 용ㅎ게도 나뭇가지에 걸리고
어둠이 걷히면서 우물바닥 살펴보니
가지 밑동은 흰쥐 검은 쥐가 갉아대고
물기가 지척거리는 검은 바닥에는
몇 마리의 살모사가 기어다니고 올라갈 수도
내리 뛸 수도 없었다는 인디아의 설화처럼

선생은 회오리 속의 세상살이 살피고
그 원인을 밝히어 물로 씻는
물에 마음을 부리고 내 性情 먼저 붙잡아
흐르는 물의 법으로 근원을 살아가는
내 마음부터 물꼬를 내는 일이었습니다

봄이 오니 꽃이 피는 것이 아니라는
꽃을 피워 봄이 오는 일이었습니다

【註】 **다섯 임금** : 연산군에서 선조 때까지 士林들이 수난을 받았던 戊午 · 甲子 · 乙巳 · 己卯 등의 사화의 때를 가리킵니다.
꽃을 피어 : 문화적인 봄을 가리킴입니다. 김흥호 목사님의 이화여대 硏經班 모임에서 인용한 것입니다.

온혜리溫惠里의 태실

영남 내륙지방 영하 칠·팔도
오후 들면서 북서풍이 차츰 거세어지리라는
안동댐 푸른 물결 위로 바람이 오고 있습니다
길을 묻고 가늠 잡아 찾아 나선 겨울여행
禮安郡 도산면 온혜리溫惠里
온혜초등학교 겨울 운동장
어린것들 함성마저 저물고 없었습니다

부드럽고 창연한 소나무 숲이 서 있었습니다
들판에는 군데군데 겨울이 감돌아
황토 흙이며 짚검불도 날아오르고
몇 채의 소슬한 옛 기와집의 老松亭
대문은 항상 열어 놓은 듯
겨울 한기가 넉넉히 출입하고
退溪先生胎室 현판이 예스러움으로 달렸습니다

낮은 방문을 열고 맞아주는
중년여인의 눈매는 도타웠습니다
'들어가셔도 괜않십니더'
가로 세로 예닐곱 자 남짓 될까
선생이 태어나셨다는 방문을 여니
정갈함만 더해 오는 한기 속의 고요

방은 냉기로 비었고
잠시 들어앉아 몇 번인가
카메라의 푸른 빛줄기만 터뜨리고
가슴 가득 서늘해오는 다시금 냉기
온혜의 저녁햇살이
태실의 작은 문턱에 걸려 있었습니다

별채 뒤꼍에는
인동무늬 고운 가마 한 채가
바람의 세월 속에 곰삭아 놓여 있고
대문을 나서며 아쉬움으로 바라보는 胎室 지붕에는
한 마리의 용이 꿈틀거리는 듯
태실의 용마루는 하늘로 솟아오르고 있었습니다

솔바람 속에서 선생의 글귀 떠올랐습니다
옛 사람들은 소나무며 뽕나무를 심어
나의 뿌리를 지키며 살았다는, 그러나
뽕나무는 잎이 진 세월이 너무 지난 탓일까
보이지 않았습니다

이 집 어느 지붕에서 걷어낸 것일까
뿌리가 뽑힌 내 서울살이 行李 속에는
푸른 이끼마저 말라버린
귀떨어진 삼베 흔적의 수막새 기와 한 장
기와 한 장이 상경 길의 내 모습이었습니다

【註】胎室 : 도산면 온혜리에 있는 선생이 태어나신 곳입니다. 선생의 조부 이계양이 세운 집
　　　으로 당호는 老松亭이며 태실은 이 집의 안채에 있습니다.

어머니 박씨

선생이 태어나 아직
칠 개월 핏덩일 때
進士 이식의 두 번째 아내
삼십이 세 어머니는 홀로 되셨습니다

지금도 실한 우리의 어머니며
철든 아내들이 그렇듯이, 어머니 박씨는
母를 버리고 毋로 살다 간
당신은 한사코 비우시고
가정과 자식만 포옹하시었던
열두 폭 치마의 수수하고
눈물을 숨어서 닦는 보통 여자였습니다

누에치고 들일 속에 땀 냄새 수건 동여매고
마디 굵은 터진 살 손등으로 빨래며 길쌈하시던
들나기 싫어하는 가슴팍이 깊은 조선의 여자
깊은 밤이면 가끔 외로움이 목젖까지 마르게 했던
조선의 보통의 여자였습니다

홀로 된 시어머니 성심으로 손발 되어 드리고
전실자식서껀 일곱 자녀 가끔 타이르시기를
과부의 자식들은 배움이 없다고 말들만 던지니
공부만 아니라 몸가짐도 살펴보아라
특히 어린 시절의 선생에게는
너는 마음 씀씀이가 올깊어
세상이 너를 용납ㅎ지 않을까 두렵다
고을 원님 정도가 족하리니
높은 벼슬길은 행여 나서지 말아라

그 말씀 가슴에 넣어 선생은
물러나고 물러섰던 선생의 삶의 깊은 곳
母는 없고 毌가 되어 살아 있는, 언제나
드러나는 것 애써 감춘 가슴팍 깊은
옥양목 하얀 저고리 같은 조선의 여자
삼십이 세에 홀로 되신 실한 어머니
조선여자의 깊은 가슴으로, 지금도
선생의 출입문 곁에 항상 살아 있습니다

퇴계 기행

퇴계를 찾아 나선 겨울 길에
누가 놓았을까, 차창 밖으로
들불 연기가 가늘게 오르고 있습니다
부서진 얼음 조각 섞이어 흘러가는
조그만 도랑으로 변해버린 퇴계
허옇게 바랜 비닐조각들
흐르는 물 속에 아무렇게나 그것들
붕대처럼 물에 풀어져 나풀거리고, 그래도
송사리 한 떼가 얼음장 밑에 자유롭고
다슬기 되로 부어놓은 듯
맑은 물은 흐르고 있습니다

이곳은 지금 꼭 내 나이, 선생께서
물러나고 물러나 벼슬길
토계兎溪의 옛 이름 退溪라 고치고
짚신에 흰 무명옷으로 이 물길 오르내리시며
흐르는 당신 성정 힘써 살피고
되어가야 함인 사람의 도리를 궁리하시던 곳

나는 이 겨울 검은 코트 포근히 감싸고
퇴계의 물길 오르내리며 잠시 걸었습니다
겨울 빈 산 아래는 선생의 宗家 집
나무의 빗장은 잠기고 쓸쓸히
나는 대문을 두드릴까 하다가 그만 두었습니다

퇴계에서 만난 하늘은 높고 푸르렀습니다
하늘 아래서 끊어질 듯 퇴계는 흘러가고
낮에 네 번 오간다는 버스가
겨울 햇살 속에 다가오고 있었습니다

천연대天淵臺로 오르는 숲길

괴석怪石 두 점

선생이 단양 군수로 혼자 와 계시면서
맑은 바람이 남한강 푸른 물에 머물다가 가듯
한 점의 사사로움도 없었습니다

때로는 공무에서 벗어나
보던 책들마저도 덮어두고
혼자서 흘러가는 물길을 따라 걸었습니다
매미소리가 허리를 꺾고 있었습니다
들녘의 농부들은 하던 일 멈추고
허리를 펴고 하늘을 보면서
우리 원님의 마음씀은 신선이로다 하였습니다

선생이 원님職에서 떠나던 날이었습니다
일행이 죽령고개에서 잠시 머물매
한 개의 고리짝이 땅에 놓이고
속에는 心經과 손때 절은 朱子大全 등 서적과
손바닥 크기의 단양産 괴석 두 점이 있었습니다

그 때 고을 직원 하나 오고 있었습니다
삼麻 한 짐 내려놓고 땀을 닦았습니다
이것은 관청 소유의 밭에서 거둔 것입니다
원님께서 관례대로 가져가셔야 합니다
선생께서는 노하시고 네 어찌하여
내가 시키지도 아니한 일인데 어서 가져가거라

풍기 군수 시절에도 선생은 혼자였습니다
어느 날 제자들이 선생께 여쭈었습니다
부형이 고을살이할 때 자제들이
따라가는 것은 도리에서
어긋나는 일입니까

단양과 풍기 사이 죽령의 바람은
지금도 맑고 푸릅니다
선생이 풍기의 군수를 떠나던 날은
책 담은 궤짝마저도 사양하고 떠났습니다

선생이 맑은 바람으로 거닐 던 돌밭을 나는
몇 십 번을 다녀오고
우리 집 마당에는 丹陽産 검붉은 돌멩이들이
먼지 속에서 스물 넘게 무더기로 누워있습니다

매듭 여섯

여름 그늘과 겨울 햇살

– 임종臨終

1

천 오백 칠십 년 이월 팔일

너는 서적의 관리를 맡아라

덕홍은 명을 받들고 물러나

여러 동료들 모으고 주역을 펴고 오십 개

서죽筮竹을 추리고 갈라갔습니다

筮를 하나 뽑으니 겸괘謙卦가 나왔습니다

간하곤상군자유종艮下坤上君子有終

땅 속에 산이 들어 있는 형상으로

군자의 끝남이 아름답다

부륜 등 선생의 문하생들 책을 덮으며

하늘을 보았습니다

도산의 동편 하늘에는 검은 구름이 어지러웠습니다

【註】 이덕홍 : 선생의 문하생으로 주역에 조예가 깊었고, 선생과 함께 유물전시관인 옥진각에
있는 혼천의를 제작하였습니다.
김부륜 : 선생의 문하생입니다.
謙卦(䷎) : 地山謙의 준말입니다. 역의 괘상으로 보면 덕과 공이 높은 사람(山)이 그보다
못한 사람(地) 밑에 있음을 표상하고 있습니다. 또 '謙' 字를 破字하면 상대방의 처지를 살
펴서(兼) 자기를 낮춤을 말함(言)이라는 뜻입니다. 그러므로 겸손한 사람은 높은데 앉으면
빛이 나고 낮은데 있어도 남이 함부로 넘보지 못한다는 뜻입니다. 곧 퇴계 선생이 군자인
까닭에 君子有終이 된 것입니다. 산을 땅속에 숨겨두는 사람이 겸손한 사람입니다. 謙은
산 위의 허공의 크게 터져 있음과 그 가치를 알 때에야 비로소 가능하게 됩니다.
산은 땅 속에 있고 땅은 또 하늘 속에 있어서 다 미미한 존재임을 알 때 사람은 겸손해집
니다. 이러한 삶이 불교적으로 볼 때는 色卽是空이 하나임을 아는 삶이요, 기독교적으로
본다면 예수 그리스도의 십자가를 진 부활의 삶의 법입니다.

2
천 오백 칠십 년 이월 팔일
몽천의 물을 떠오라고 하셨습니다
마른 입술 한 모금의 물로 적시었습니다
매화 분에 물을 주어라 하시었습니다
酉時 쯤 되었을까
흰 구름 지붕 위에 어지럽더니
눈이 한 치쯤 내려 쌓였습니다
잠시 문을 열어라 말씀하시고
와석臥席을 정돈하여라 말씀하셨습니다
가벼운 몸을 부축해드리자
앉아서 눈을 감으셨습니다
눈은 그치고 하늘은 맑았습니다
하늘에는 단양産 괴석 같은
구름 두어 점이 단양 쪽
서북하늘로 몰려가고 있었습니다

겨울 햇살과 여름 그늘

- 선생의 幽宅

무덤으로 오르는 길은 숨이 가빴습니다
선생의 며느리 琴씨 무덤 가에 앉아서
오십의 내 숨의 턱을 잠시 골랐습니다
琴씨는 죽어서도 시아버지 곁에 묻히고 싶다던
그녀는 병든 몸을 추스르면서도
혼자 된 시아버지 섬겼던 효부였습니다

퇴계의 물은 끊어질 듯
안동댐으로 이어지고 있었습니다
소나무 맑은 냄새가 가을 바람을 흔들었습니다
작은 자연석 위에는
退陶晚隱眞城李公之墓
무덤은 햇살 아래 잠들어 있었습니다

무덤 가에는 무엇을 새기었을까
우람한 돌 하나 흐린 글이 지워 있었습니다
부활의 문이 있다면 저런 모습일까
영악한 잉크 냄새 그만 거두라는 말씀인 듯
온통 세월의 돌 꽃에 가려 封印되어 있었습니다

나아갈 때 마땅히 나아가야 하는 것을 앎은
선비가 됨의 시작이요 마침입니다
물러날 때 마땅히 물러설 줄 아는 힘은
선비가 됨의 마침이요 시작입니다

물러서고 물러설 줄 앎을 키워 선생은
물러서고 물러설 줄 삶을 키워 선생은
건지산 숨은 정상 햇살 속에 잠드시었습니다

기녀 두향杜香

두향은 단양의 기녀입니다
지금은 옥순봉 건너 제비봉 기슭에 옮겨 누워서
푸른 전설 남한강 물을 바라보고 있습니다
선생이 홀로 물가를 거니실 때면
먼발치 따르며 흠모했습니다
선생이 가시었다는 풍문風聞의 날
매화분 옆 그녀 가슴에도
단양의 하늘에도 눈이 내렸습니다

가능하면 나를 강선대降仙臺
기슭에 묻어달라고
거문고 가락 밑에 글을 남기고
그녀는 몇 밤 하현달이 이울도록
거문고의 밤을 뜯었습니다

님을 먼발치라도 따르며 바라보았던
짧은 세월 강물 위로 눈은 내리고 있었습니다
그녀는 눈보다 더욱 흰 그리움으로
흰옷을 갈아입었습니다
존경하는 마음과 사랑하는 마음으로
상喪의 禮를 치렀습니다

자국 눈 사이 돌밭을 골라 디디며
강선대를 지나고
강기슭 잔설 위를 걸었습니다
두 번 더 옥순봉 앞에서 넋을 놓다가
님의 명복을 빌고 빌었습니다

이튿날 눈 위에 쓰러진 그녀 곁에는
一心이란 문양석 하나도 누워 있었습니다

천 구백 팔십삼 년 햇살이 푸른 오월이었습니다
단양으로부터 물길은 흘러서 목벌리 돌밭, 나는
검은 돌 속에 하얀 여인이
무릎을 꿇어앉은 형상에
두 손을 고이 모은 문양석 한 점
흐르는 남한강의 물에 곱게 씻어서
오월의 햇살 섞어 품고 왔습니다

【註】杜香 : 관기였던 두향은 퇴계가 단양군수이던 당시 거문고와 시에 능했던 관기입니다.
선생이 돌아가시고 난 뒤 존경하는 마음과 사랑하는 마음으로 혼자서 喪禮를 치른 후에
自盡했다고 전해지고 있습니다. 충주댐 공사로 강선대가 물에 잠기자 지금은 옥순봉 건너
편에 있는 제비봉 기슭에 옮겨 묻혀 있습니다.

한서암寒栖庵

– 젊은 시절 선생의 서당

이 시절 선생은 남루로
하루를 맞고
남루함으로 하루를 보내었습니다

비바람을 맞으며 내가 나됨의 한계를
문을 여닫으며 고개 숙임의 우러름을
허황함의 나를 붙잡고 재우는 일이었습니다

성현의 책과 말씀은 머리맡에 두고
내 속의 하늘을 끊지 않으려는
생각의 집 이엉을 올린 때였습니다

빈한貧寒에 대하여
– 선생의 한서암을 생각하면서

갖옷 하나로 이십 년
耳順 지나면서도 도산의 늙은이
깁고 기움을 감추어 살아온
사람이 빵만으로 살 것이 아니라는
실천과 궁행의 오직 매운 한 길

여윈 허리 더욱 들 나고
羊毛裝 하나 구멍이 나고 해졌습니다
손자 몽재에게 편지하기를
베 몇 필 팔아 갖옷 하나 살까
이 늙은이 추위 때마다 깁고 기워 이십 년
그 값이나 알아보아라

선생이 그려진 천 원 지폐 한 장
동대문 시장 이층 계단 내려오다가
단돈 삼백 원이라 외쳐대는
칠백 원은 거스름 받고
자주색 합섬 T셔츠 하나 샀습니다
시후時候도 때도 없이 눈에 띄면 걸치는
십 년 넘어 지금은 빛이 조금 바랬습니다

우리는 남루함을 슬퍼할 것이 아니라
남루의 새벽을 못 잡음을 슬퍼해야 합니다
오 백 년 전 도산의 늙은 스승처럼
추위를 못 이기며 살아감이 아니라
추위의 새벽을 일구어서 살아감이셨듯이

【註】寒栖庵 : 선생은 방 둘에 부엌 한 칸의 작은 집을 지어 한서寒栖라 이름하고 방을 靜習이
라 불렀으며, 여기서 얼이 빠져나간 둘째 부인 권씨와 살았습니다.

스승과 제자의 길

- 이이와의 만남

1

이십삼 세 율곡은 선생을 찾았습니다

소자 일찍이 배움의 길을 잃어
사나운 말 가시덤불 뛰어들 듯
이리저리 떠돌 때에
溪上書堂 선생의 두어 칸 집을 찾았습니다

선생의 고요한 삶은
경서 천여 권이 쌓였고
마음을 열고 말씀하실 때는
개인 하늘 밝은 달처럼, 나에게
학문하는 본 마음 길 터 주셨습니다
깊은 생각 쉬운 가르침, 선생의 학문은
계상서당 밤 물결마저 잠재우셨습니다

천원권과 오천원에 있는 퇴계와 율곡의 초상

2

내 나이 오십 팔세 병은 이미 깊었고
문을 닫고 지팡이 잡아
풍루風樓에 올라 살면서
봄이 지나는데 매화꽃을 못 보았더니
그대 만나 이 밤 얘기하니
내 마음 매화의 핌보다 상쾌합니다
그대 이름 익히 들어 늙은 가슴이 설레었더니
이름난 선비치고 헛됨이 아님을 알았습니다

내 솔 심고 대 심는 마음으로
춥고 어둔 이 물결 위에
이엉 얽어 달팽이집
그대를 만남으로 나는 보았습니다
봄이 오니 꽃이 피는 것이 아님을
꽃이 피니 봄이 온다는 이치가 됨을

도산서당 앞의 매화꽃

3
이십삼 세 율곡이
사흘 머물다가 가는 길에
서설瑞雪이 내렸습니다
말에서 내리고 또 내려
율곡은 세 번 돌아보며 허리를 숙이고
선생은 계상서당 좁은 들길
굽이도는 기슭까지 손을 흔드셨습니다
後學可畏로다, 손을 흔들었습니다

계상서당 물소리는 지금도 어둠을 뚫고 흘러갑니다
율곡 선생의 물음이었습니다
선생님,
사람의 마음속에는
판별判別의 이치가 사는 것이 아니라
마음이 현실을 읽음으로써 현실의 이치가
나의 마음속에 드러나는 것이 아닙니까

깊어 가는 밤 계상서당 촛불 앞에서
퇴계 선생의 답이었습니다
내 속에는 이미
나를 바름으로 이끌어 가는
곡척曲尺처럼 산 마음이 있습니다
깬 나는 그 이치의 주인이고
나를 그 밝음에 집중하고
다른 것에 마음을 흐리지 아니함으로
낱알의 삶에서 바름의 끈을
놓치지 않을 수 있는 것입니다

조선의 두 스승은 자기의 길을 선명하고도
벌판의 아침처럼 그리움으로 걸어갔지만
내가 찾아 나선 계상서당 옛터는 사라지고
잡목들 사이로 도산의 겨울 햇살이
내 추운 어깨만 감싸주었습니다

장판각의 『善』字

도산서원의 장판각은 열리지 않았습니다
무쇠로 다진 자물통
몇 개의 도장이 찍힌 채
한지에 싸이고 封印되어 있습니다
관리소장의 『不可함』이란 설명을 듣고
나는 몇 번이고 고개 끄덕이며
커피 한 잔의 관리소 문을 나섰습니다

장판각藏板閣 둘레만 서너 번 돌았습니다
창살 안에는
겨울 햇살이 방문하고 있었습니다
목판본이며 인쇄본의 활자들이
세월을 맞아들이고 있었습니다
陶山十二曲 한 소절 펼쳐 놓고 있었습니다

봉인된 출입문 사이로
커다랗게
『善』字 하나 새겨져 있었습니다
선생은 언제나
당신 속의 ‘얼나’ 먼저 일깨우며
마음의 밭을 갈며 살아가셨던

서러운 마음 한 자 먹물을 머금은 채
먹물은 햇살 머금고 거기 있었습니다

그렇습니다
孑孑單身 나그네에게
선생의 길 찾아 예까지 나섰다는
한 마디 하소연으로
누가 장판각의 적막을 걷어
선생의 마음의 붓끝을 보여주리요

無明이로다, 이 마음이 가는 길은

【註】藏板閣 : 선생의 문집 등 여러 종류의 목판이 보관되어 있는 곳입니다. 이 건물은 정면
　　세 칸 측면은 두 칸의 규모며 바람과 햇살이 고루 돌아나가도록 통풍에 각별하게 신경을
　　써서 지은 건물입니다.

장판각 중앙에 있는 善字

마음을 담그는 노래

몽천蒙泉이라 새긴 화강석
하나 세워 있습니다
시든 잔디 속에 사방 두 뼘 가량
황토 빛으로 허물어진 혼의 터
돌에 새겨 마른 몽천은 서 있었습니다

누가 蒙泉 물 한 모금의 하늘을 알리요
솟아오르며 흘러가는 물길 보면서
서성거리면서 가슴의 불을 재우는
솟구치는 성정의 맑은 물길을 붙잡으리요
흐르는 물처럼 세상을 보면서
흐르지 않는 물뿐인 역설을 알리요

참람한 이 시대
솟구치는 몽천의 물길 막아버리고
황토의 상처마저 짓밟으며 사람들은 지나갔습니다
누가 몽천의 물 끌어올리고
겨울 잔디처럼 깊은 나의 잠을 깨우리요

찬 물 속에 두 손을 풀어 담그고
찬 물 속에 마음의 끈을 풀어 담그고
깨어 살아가야 함의 새벽의 넋을 담그고
흐르는 물 곁에서 세상을 보면
흐르고 있지 않음은
물뿐인 逆說의 맛을 언제쯤 나는 가늠하리요

열정冽井

도산서원 가는 길 해가 저물다
간이매점 하나 문이 조금 열리다
서원 찾아가는 길 겨울 바람 차다
열정이라 이름 한 우물 앞에 서다

이제는 관광코스로 변해버린 書院
플라스틱 두레박 몇 번이고 헹구다
두레박 물 올리고 몇 모금 마시다

두 번째 두레박 다시 올리고
물 속의 내 얼굴을 두루 살피다
열정의 푸른 물 차츰 어두워지다

열정의 두레박 세 번째 내리고
내 얼의 두레박도 함께 내리다
어둠의 도산서원 뒤로 두고 고개 숙이다

【註】冽井 : 도산서원 들어가는 입구의 남쪽에 있는 식수로 사용했던 우물, 선생의 四言詩 도
　　　산잡영陶山雜詠의 연작시 冽井에 '書堂之南 石井甘冽'이라는 표현이 있습니다.

청량산 가는 길

길은 온통 赤身으로 누웠습니다
이따금 마파람이 불었습니다
홍건적의 붉은 두건처럼 회오리바람이 올랐습니다
부르도자의 외짝 손들이 오르내리며
청량산 푸른 길을 찍어내고 있었습니다
뜯겨나간 산자락의 바위 결들은 古書架처럼
차곡차곡 한지의 古書처럼 포개져 있었습니다

차는 멈칫멈칫 먼지 속을 잠시 달려서
산색이 무르익은 푸른 얼의 청량산
옥수수대 두른 징검다리가 옛날 같습니다
맑은 물 푸른 기슭이 옛날의 서슬 같습니다
청량산의 산길이 감추듯 푸르게 드러납니다

피 밭

清凉精舍 물으며 찾아가는 길
얼마를 묵혀둔 것일까
사래 긴 척박함이 누워 있습니다

저 밭에 예전에는 무엇을 뿌려 거두었을까
비탈진 밭을 일구던 부지런한 손들과 가슴들과
머루처럼 삶의 땀과 불빛들은 어디로 갔을까
봉홧불 올리듯 봉화 사나이들의 목덜미며
가슴팍의 심줄은 어디에 놓았을까

사내들의 손톱과 발톱 아래 피멍울마저
함께 닳아 갈리었던 이곳
지아비의 뒤를 따르며
땀에 절은 무명수건들은 어디로 갔을까
청량산 맑은 바람만 피밭 위에 머물렀습니다

선생이 손수 농사를 짓던 시절이었습니다
가뭄이 너무 심하여
수원지 아래 당신의 논을 먼저 밭으로 갈았습니다
물의 줄기를 아래로 아래께로 흘려 보냈습니다
윗물이 맑아야 아랫사람들의 꿈이 영롱한

이제는 저 피밭 같은 나의 心性이나 갈면서
이곳에 엎드릴까
청량산 맑은 바람에 붉은 가슴이나 말릴까

내 늙은 이마와 햇살에 패인 주름살
걷어올린 팔뚝에는 몇 개의 검은 심줄
넉넉한 땀도 흘리며
씨를 뿌리면서 엎드리는 삶법으로
마른 하늘에 祈雨祭나 올릴까
아내의 젖은 치마도 가끔 바람에 날리는
피밭에 내 피와 땀을 섞으며
척박한 마음心性 밭을 갈면서
하늘 아래 엎드릴까
엎드리어서 아예 눈을 감아버릴까

청량정사 淸凉精舍

기와는 낡았습니다
지붕에는 산 눈이 굳어 있었습니다
남으로 난 툇마루에 앉으니
처마 끝에는 수정의 고드름
청량산 오르는 길이 넉넉하였습니다

나는 몇 권의 퇴계 안내서를 떠올리면서
냉골의 방바닥에 앉았다가 일어섰습니다
청량산 햇살로 세상의 내 귀를 씻었습니다

선생은 청량정사에 앉아
학업에 묻히어 소년시절을 보냈습니다
생각의 덩어리 몇 점은
개나리 봇짐 속에 넣고
이 산길을 오르내렸습니다

～理란 모든 일이 바로섬입니까～
선생의 질문 속에는 언제나
근원부터 잡으려는 앎의 출발이 있었습니다

나는 청량산 후원으로 발길을 옮겼습니다
선생의 숨길 숨길의 구석을 더듬었습니다
내가 생각의 구석을 더듬거리다가 눈을 들자
한낮의 청량산 높고 맑은 봉우리들이
흰 눈에 감긴 채 빛나고 있었습니다

【註】淸凉精舍 : 안동에서 봉화로 가는 도중에 있는 청량산에 있는 청량정사는 소년시절 선생
    이 자주 오르내리며 공부를 하였던 집입니다.

오산당 吾山堂

산에 오르면 거기
산이 있어 마음 집 하나 짓고
산이 되면 그만인 거야
산에 오르는 것이 문제가 아니라
내 속의 산에 오르는 것이 문제인 거야

옛날에 물위를 걸어오는 한 사내가 있었습니다
사람들은 손뼉을 치면서 물에 뛰어들었습니다
사내는 나는 '목이 마르다'고 꺼져가면서
그리고 물기 없는 나무에 달렸습니다

얼음산 기슭에 앉아 꽃을 든 사내가 있었습니다
히말라야 얼음 꽃 한 송이를 꺾어 바친 사내도 있었습니다
사람들은 두 손을 모으며 졸고 있었습니다
졸음들 사이로 방그레 웃는 사람 하나 뒤에 앉아 있었습니다

산이 불러도 오지 않으니까 내가 간다는
산을 옮기겠다는 사내가 있었습니다
여자들은 한사코 얼굴을 가리고 뒤를 따라야 했습니다
등 굽은 사막에는 바람이 쉼 없이 불었습니다

믿음은 보는 것이 아니라
내 스스로가 피어나는 일입니다, 연꽃처럼
산이 있어 산에 오르는 맹목과 거침이 아닙니다
내 속의 산을 잡아 먼저 오르는 일입니다

선생은 학행일치 산이 되어 거기 있었습니다
청량정사 낡은 집 닫힌 냉기의 방바닥에
소나무와 검은 이끼들 사이에 살고 있었습니다

【註】吾山堂 : 본래는 퇴계 선생이 우리 家門의 산에 지은 집이라는 뜻으로 사용한 말입니다.

매듭 열 아홉

지숙료止宿寮

새벽 세 시면 일어나 선생은
세수하고 정제엄숙整齊嚴肅의 단단함으로
어둠을 밝히며 혼자 앉았습니다

잠시 창문을 열고 닫았습니다
문풍지를 지나가는 바람소리
心經을 펴놓고 마음을 펼쳐
동트는 새벽 산 마음으로 혼자 앉았습니다

사람의 바로됨은 하늘의 뜻을 이어
몸에서 맘으로 한 至高點을 세워 오르는 일입니다
그러나 사람의 마음은 나날이 위태로워질 뿐입니다
보이지 않음으로 있음의 하늘의 마음을 붙잡음입니다
오로지 나 하나라도 오로지 맑은 하나의 마음
ㄱ온찍기 그 한 점을 붙잡고 살아감입니다

요임금이 순임금에게 왕위를 건네며 새긴 말입니다
繼天立極, 하늘과 땅 사이에 나는 바로섬입니다
요임금이 우에게 왕위를 이어 건넨 말입니다
人心惟危, 내 마음 속 생존 위한 위험한 마음입니다
道心惟微, 내 속의 나를 먼저 끊는 도덕의 마음입니다

惟精惟一, 오직 나만을 지양하는 맑은 하나의 마음을
允執厥中, 치우침 없이 내 마음의 중심을 잡음입니다
대저 心이 한 몸의 主라면 敬은 한 마음의 주재함입니다
새벽하늘 아래 혼자 앉아서 나는
내 속의 하늘을 올려다보았습니다
마음은 언제나 가을 절벽 앞의 밤입니다
길은 가고 길은 오고
오가는 길은 멀어서 더욱 밝은데
그 가운데 한 길도 붙잡지 못하고
홀로 서성거림이여, 한밤을 떠도는 섬처럼
반짝거리며 돋아나는 새벽 별까지의 거리는
마음의 별을 헤며 心志 바로 세움의 선생과
지숙료 찬방에서 서성거리는 나의 거리는
너무도 멀어 별빛처럼 멀리 있습니다

【註】止宿寮 : 청량정사의 서쪽에 있는 방으로 잠을 잘 때 쓰는 방입니다.

心經 : 중국 송나라 학자인 진덕수가 유학의 學統을 이은 성현들 말씀과 글을 엮어서 만든 책입니다. 퇴계는 우리 나라에서 간행된 심경의 후론을 썼습니다. 이 책을 선생은 젊은 시절부터 가장 가까이 놓고 매일 새벽마다 읽었던 책으로 회상하고 제자들에게 권하였습니다,

요순시대 : 피상적으로 동양을 보는 사람들(기독교의 사회학자 베버나 유물사관을 바탕으로 하는 공산주의 이론가들, 사이비 서구사상을 인용하는 우리의 학자들)은 복고주의의 회귀라고 폄하하고 있습니다. 그러나 퇴계가 心學에서 말하고 있는 요순의 의미함과 시대 설정의 내포적인 의미는 그들이 말하는 것처럼 단순한 고유명사로의 중국의 신화 속의 옛날을 한정하여 동경하며 하는 말하기보다는 유학이 지향하는 이상적인 인간의 모델 설정을 위한 보통명사로 사용한 것입니다.

운서헌雲棲軒

구름 개인 한나절 운서헌에 앉았습니다
구름 속 구름마루에 앉아서 나는
虛名의 내 이름자를 새겨봅니다
마음 속의 구름덩이들이 일어납니다

여름 구름의 자락들이
운서헌의 난간에 오르는 날
구름 속에 알몸인 채로 나는 눕습니다
여자 하나 있어 솜털구름처럼 안깁니다
구름의 새끼를 낳고 또 낳습니다
운서헌 구름 난간에 놓아서 기릅니다

청량의 봉우리들이 구름에 에워쌓입니다
골은 깊어 청량산의 淸凉은 어디로 갔을까
청량정사 운서헌 구름 속에서
무릎을 꿇고 나를 보며
구름자락을 덮고 한여름
다시 虛名의 쓸쓸함 속에서
깊은 잠에 빠집니다, 나는

다섯째 마당
혼천의 渾天儀

월란대月瀾臺의 어느 날 밤에

- 艮齋 이덕홍의 祭文

나의 생각을 삼가 겸허와 공손恭遜함의 그릇에 담아봅니다
선생님은 순수한 자질에 부드러움이 흐르는 덕이었습니다
선생님은 정주程朱의 도학에 공맹孔孟의 心法을 따랐습니다
밝히 닦음과 정성을 아울러 힘쓰고 性과 情을 함께 기르니
겉과 속은 서로 이어지고 움직임과 그침은 모두 발랐습니다

즐거울 때는 나아가 행하고 걱정될 때 떠나 물러서시니
일마다 때와 경우가 있어 다 평안함에 맞았습니다
구슬은 물 속에 감추어졌고 옥은 산에 묻히었습니다
선생님의 삶의 자세와 마음의 둘레는
염계濂溪의 仙 서리 깃들은 개인 달(仙風霽月)이요
연평延平의 얼음 항아리 가을달(氷壺秋月)이었습니다
아득히 끊어진 실의 끝을 생각하지 않고도
스스로 닦아 얻었습니다
한 나라의 태산이요 북두성이었습니다
한 세대의 종장宗匠이 되고 백세의 으뜸머리元頭가 되었습니다
선생의 門下를 사모하며 달려오니 많은 선비들이 모였습니다

받듦禮으로 문하생들을 격려하여 주었고
공평으로 힘씀의 정직성을 가르쳤습니다
월란月瀾에 선생이 계시던 어느 날 한밤에
마침 나 德弘이 혼자이신 선생의 곁에 있다가
우러름敬에 대하여 여쭈었더니 선생님의 말씀은
의관을 바르게 하는 것, 생각을 한결같이 하는 것
어떤 일이나 여기 준하면 성인이 될 수 있다 하였습니다
선생님의 나를 사랑해주심이 어버이와 같았는데
덕홍은 자식으로 섬기는 예를 다하지 못하였습니다

정성의 담을 쌓음이 모자라 죄스러움은 끝이 없습니다
시냇가에 봄이 돌아와 모든 풀들이 때를 얻었는데
산 매화는 슬픔을 토해내듯 피었고
시냇가 버들은 시름을 머금었습니다

【註】 염계 : 중국 송나라 철학자로 연꽃을 사랑하였고 태극도를 그려서 유학의 근원을 밝히고
정리한 학자입니다.
연평 : 성은 이씨로 성리학자이며 주희의 스승입니다.
仙風霽月 : 선의 맛이 깃들은 개인 달의 뜻으로 선생이 세상을 바라보았던 삶의 둘레가
담겨 있는 말입니다.
氷壺秋月 : 얼음 항아리에 비친 가을달의 뜻으로 선생의 학문의 태도와 마음의 둘레를 가
늠해볼 수 있는 말입니다.
艮齋 이덕홍 : 농암 이현보 선생의 종손이며 선생이 역책易蕢(사람의 임종을 말함)에 앞
서 자손들과 제자들 중에서 선생의 '너는 서책을 맡아라' 의 유명遺命을 받을 만큼 선생
의 총애를 받았습니다. 선생이 세상을 뜨자 3년 동안 소식素食으로 마음의 喪禮를 받듦으
로써 제자의 도리를 다하였습니다.
祭文 : 선생을 곁에서 모셨던 이덕홍의 퇴계 선생에 대한 제문의 글을 몇 군데는 필자가
의역하여서 다시 실은 것입니다.

매듭 둘

혼천의 한 바퀴

하늘은 사람 하나
바로 섬이 크게 참입니다

옳음은 여름 이슬이
풀잎에 구르듯
풀잎에 결을 새겨
마음의 하늘인 얼을 깨우는 일입니다

하늘의 몸이
내 마음에 이슬의 물결처럼 굴러
하늘의 몸이 내 몸이 되고
내 맘과 몸 하늘 몸과 맘이 되어
햇살처럼 퍼지는 핏줄로 섬입니다

하늘은 사람을 기르는 큰 어버이
어린아이 감싸 안듯이 하늘은
언제나 핏줄의 빛이 오르내리는 곳
나의 몸은 빛의 핏줄에 엉키어
오르고 내리는 빛과 얼의 춤입니다

우러름으로 태어나는 조선의 아침은
빛을 내려 생각에 감는 핏줄의 춤입니다
옳음은 하늘을 우러르는 박약博約의 춤입니다

【註】渾天儀 : 퇴계의 설계에 따라 간재 이덕홍이 만든 것입니다. 주역에서 말하는 天卽理也의 원리로 천체의 운행과 성좌의 위치를 측정하는 도구로 썼습니다. O(무극), 一(태극), ∽(양의)에 의하여 四象 八卦 등으로 이루어지는 것이 동양의 우주관인 易의 근원적인 개념입니다. 球面에는 天象이 그려져 있습니다. 필자가 혼천의 서시에 간재 이덕홍의 祭文을 그리고 끝에 월천 조목에 관한 시를 실음은 선생의 많은 門下 중 두 분의 삶을 나는 존경하고 나의 남은 생애나마 이들의 길을 가고 싶은 소망이기 때문입니다.

큰 어버이 : 중국의 철학자 장횡거의 西銘圖(우주관과 인생관의 합일을 253자에 담음)에서 나오는 말입니다.

博約 : 博文約禮의 준말로 학문을 넓게 배우되 예를 더불어 지킨다는 뜻입니다. 그러나 필자는   약례를 그 중에서 옳은 것 하나를 붙잡고 나부터 실행에 옮긴다는 뜻으로 선생의 학문세계가 요약된 말로 보려고 합니다. 논어에서 인용한 것입니다.

국학자료원 혼천의 앞에서

혼천의 두 바퀴

창문의 새벽을 엽니다
별 바다 저편 아래
빛을 올리고 나무들이 서 있습니다
모든 것들은 하늘 새벽을 오르는데
흙덩이 이 한 몸은 엎치락뒤치락
다시 밤길이 되어 눕습니다

하늘 오르는 나무들 흔들립니다
흔들리는 파동 속에서 연잎이 피어나듯
마음 속에 해를 품고 해의 길을 가는 한 사람
해를 품고 떠오르는 둥근 사람 하나 그립습니다

天卽理也 하늘의 몸을 받아서 선생은
理卽天也 사람의 마음을 지켜서 선생은
하늘과 사람의 한 길 본을 떠서 선생은
혼천의 하나 만드셨습니다

【註】理 : 실제로는 보이지 않지만 가치론적으로는 삼라만상의 所以然之故이면서 所當然之故
의 준칙이 되는 것입니다. 원래는 玉에다가 흠집을 내는 정교함의 뜻을 나타내고 있습니다. 조
선시대 논쟁의 대상이 되었던 理와 氣의 선후관계란 시간적인 관계가 아니고 논리적인 관계입
니다. 이 논리에 따라 理가 있음으로써 氣가 流行하여 만물이 발육하는 것입니다. 이 논리는
기독교의 하나님에 의한 창조라는 뜻과도 비슷하면서 신에 의한 창조적인 충격과는 다른 것입
니다. 곧 理는 우주적 형성과정의 밑바닥에 깔려 있는 유기적인 존재와 실재인 것입니다. 이
시집의 여러 군데에 쓰인 所以然과 所當然은 같은 理의 다른 표현입니다.

혼천의 세 바퀴

불바다의 여름 세상
기름바다 한밤을 헤매다가
가슴 속의 검은 심지마저 꺼야 하는가
숯이 되어야 하는가

여름 욕정을 털고 털어
하늘의 새벽으로 날아가는
흰 새들 길이 없는 길을 내어 날아가는
가벼운 영혼의 법 날개는 하나 없는가

가을 과일들 무르익은
넘치는 어머니 손길과 같은
봄을 품은 겨울나무 껍질 같은
숨기어서 따스한 사랑 하나는 없는가

天卽心也 당신 마음 가꾸어서 선생은
혼천의 하나를 만드시다

【註】天卽心也 : 心卽理와 동일하게 생각하면서 써 본 것입니다. 心卽理는 중국의 철학자 육상
산과 왕양명으로 이어지는 양명학 측면의 해석입니다. 여기서 卽이란 aufheben처럼 절
대 세계와 상대 세계의 조화를 矛盾으로 지양하는 자기통일의 의미로 쓰인 것입니다.

혼천의 네 바퀴

어짊이란 仁은
아버지의 가슴 같은 넉넉함입니다

옳음이라는 義는
조선 선비의 서늘한 이마와 같은
얼과 열매의 집입니다

받듦이란 禮는
아내의 배 위로 손이 가듯
자연스러움과
오랜 항해에서 돌아온
사나이들의 포근한 잠입니다

앎이라는 智는
연하면서도 까슬까슬한 새 풀잎처럼
스승의 가을 밤 손목처럼
어머니의 낮은 문턱의 마음입니다

仁義禮智 궁리하시다가
선생은
조선의 종소리처럼
낮고도 천천한 흐름처럼
혼천의 하나를 만드시다

혼천의 다섯 바퀴

東風西風 南北風
바람은
흐르고 흘러가면서
동서남북 넘치는데
내 마음 속 부채 하나
붙들지 못함이여

없이 계신 태극 모양 그리워서 선생은
하늘 마음 모양의 태극을 그리어 선생은
밤하늘 아래 혼천의 아침을 여시다

혼천의 여섯 바퀴

나의 삶이 저 赤道 선 위의
나무들처럼
직각으로 해를 이고
해 아래의 단단함으로 설 수는 없을까
숨쉬며 이야기하면서 살아갈 수는 없을까

봄바람처럼 말문을 여는 법이 그리워 선생은
坤卦(☷) 가지에 눈을 걸어놓으시다
가을밤 물소리 귀에 담아 선생은
乾卦(☰) 가지에 귀를 걸어놓으시다

한여름이면 찰랑거리는 토계 물소리
입을 씻고 사람의 냄새를 씻어 선생은
한겨울 마음 빛으로 나를 다스리는
離卦(☲) 가지 坎卦(☵) 가지에
말씀의 귀와 귀의 말씀을 걸어놓으시다

꼭두새벽 부들자리에 앉아 선생은
물로 씻고 불로 다스려 당신의 성정부터
心卽天也 일깨우는 눈과 귀를 여는 마음으로
心卽天也 일깨운 말씀과 향기를 가르치는 마음으로
혼천의 밤하늘 별들의 길을 열어놓으시다

【註】赤道 : 천체 위에 있다는 想像의 線으로 지구의 赤道와 天球가 맞닿는 곳입니다. 거기는
　　　항상 밝음만이 교차하고 있습니다. 이 밝음의 길이 사람이 가는 길이요, 하늘의 질서를
　　　대신하는 임금이 가야하는 바르고 떳떳한 길이라고 선생은 성학십도에 쓰고 있습니다.

혼천의 일곱 바퀴

매화의 분에 물 내리시고
매화꽃이 피어남의 이치를 말씀하시다

국화 향기가 쏟아지는 날은
완락재 지붕 위에 가을달이 이울 때까지
가을달을 술잔에 띄우고 나누면서
앎과 삶의 풀림과 묶음 길을 말씀하시다

서울 西小門洞
서울의 해가 선생의 낮은 지붕에 번지는
여름 아침 선생이 입궐하시는 길
얼뜬 아내 꿰매 놓은 하얀 朝會服
빨간 헝겊으로 기워 입으시다

하얀 도포자락에
빨간 헝겊을 기움은
禮에 거슬리지 않습니까

선생은 웃음으로만
그저 아침으로 난 선생의 길을 걸어가시다
여름 불밭에 뛰어가는 서울 사람들을
잠시 멈추어서 웃게 하시다

선생은 언제나 당신의 心志 먼저 살펴
동쪽 겨울 창가 매화 분을 놓으시고
혼천의 새벽 곁에 일어나 앉으시다

【註】 서울 서소문동 : 선생이 얼뜨기 재취부인 권씨(권씨는 당쟁에 연루되어 맞아 죽임을 당한
집안 사람들과 그때 매를 맞고 실신한 아버지의 모습을 보고 정신이 혼미해졌다고 전하
고 있음)와 잠시 기거했던 곳입니다.

혼천의 여덟 바퀴

지천명의 내 나이 다시 찾아온
도산서원 선생의
겨울 옥진각
당신의 손길 아직 따스한
찢겨진 혼천의가 아직도
융융融融히 돌아가는 소리
가는 먼지가 쌓인 그리움이
보일 듯 말 듯의 나의 이 길
내 마음의 먼지를 털면서
혼천의 곁에 서 봅니다

찢겨진 혼천의에 겨울 바람이 찹니다
이렇게 엎치락뒤치락 살아왔음의
이제는 몇 가닥 모일 듯 흩어질 듯
다시 나의 옷깃을 여미어 잡고
겨울 玉振閣의 저물어가는 문을 나섭니다

아내의 빈방
- 제자 함형에게 주는 글

선생이 四樂亭 권 질의 얼뜨기 딸을 맞아들여 살면서
사방의 선비들이 찾아와 글을 배우던 때였습니다
선비 이함형도 전라도 완산 땅에서 찾아왔습니다
평소 말수 적은 제자가 퇴계는 마음에 걸렸습니다
어느 날 집에 다녀오겠다는 선비 함형을, 선생은
예의 잡곡밥에 가지나물과 산나물 두세 가지로
당신의 집 식탁의 아침으로 초대하였습니다

함형은 말로만 듣던 스승 집의 성긴 음식과 서툰 맛이며
권씨 부인의 어눌한 말솜씨와 덜 닦인 자태를 보았습니다
십 년 넘어 빈방을 지키는 아내의 음식 솜씨보다도
수심 어린 얼굴의 아내보다 덜 씻긴 스승의 부인
그러나 평소 존경하던 스승은 혈기의 제자 앞에서
얼뜨기 아내의 지시에 따라 정성으로 마음과 눈을 주며
아내 사랑함이 꾸밈이 없는 진심으로 답함이었습니다

길 떠나는 제자에게 스승은 서찰 하나 주었습니다
겉봉에는 묵향이 단정한 스승의 당부, 路次勿開看
길을 가는 도중에는 이 편지를 개봉하지 말라는
겉봉에는 가지런하여 접는 일조차 조심스레 다섯 글자
咸亨은 궁금증을 누르고 누르면서 먼길을 떠났습니다

집에 도착하자 비어 있어서 더욱 정결한 그의 서재
제자 함형은 서찰을 열어 두 눈으로 잡았습니다

그대 거문고 줄은 고르지 않아 흩어진 채 있고
비파의 줄은 타지 않아 더욱 가는 먼지가 쌓였다
내가 배워오고 그대에게 가르침의 한 길은
성현이 되기까지 집이라는 몸을 다져서 고르고
가정이라는 마음을 잡아서 타는 법을 가르치며
하늘을 우러름에 앞서 집안 먼저 다스리는 법과
부부가 됨의 줄 고름이 모든 일에 앞서서 있는 법을

남편이 노래하면 아내는 이에 마음으로 따르고
수소가 달리면 암소는 뒤를 좇아 따르나니
수컷이 울면 암컷은 반드시 응답함이 있는 이치의
자연법의 이치로 성인은 자신의 언행을 다스렸으니
그대 성인의 가는 길과 말씀 배운다는 선비로서
공규空閨의 젊은 아내를 두고 말씀을 공부함은
근본을 어김인데 공부하면 무엇하리요

이 함형은 10년만에 內堂 마루에 초석을 깔게 하고
소반 위에는 아내의 고독처럼 정한 물 한 그릇
아내의 앞에 서서 함형은 스승의 글을 읽었습니다
마주선 그의 가슴과 이마가 고운 아내의 눈에는
정화수처럼 눈물의 그리매 초롱처럼 맺혔습니다
부인을 다시 부르고 맞아 재배하며 禮를 치렀습니다
눈물 맺힌 아내 손에 두터운 손등과 서찰을 얹었습니다

퇴계가 세상을 뜨자 두 부부는 3년간 베옷을 입었습니다
그들의 목숨도 끊어지고 자식들이 대를 잇고 이으면서
이 일 마음에 담고 스승 퇴계 섬김을 정성으로 올렸습니다
2003년 새 날 TV 보다가 얼뜨기 정권들이 尊德性 무시하고
道問學 부추긴 결과 열 명 중 네 명은 이혼한다는 내 나라
창 밖으로 날카로운 소리 뒤 여인의 흐느낌이 지나가는 날
부부가 바로섬으로부터 학문의 처음과 끝임의 가르침과
얼뜨기 아내를 사랑으로 거둔 퇴계 선생을 떠올렸습니다

매듭 열 하나

반포反哺의 한 길
– 대장장이 배점의 碑文을 읽다가

소수서원에 가면
소백산의 맑은 바람과
죽계 계곡에서 터지는 죽순 소리의 환상과
옛 선비들의 글 읽는 소리처럼 물소리와
가린 듯이 세워진 배점의 공덕비가 있습니다

선생이 소수서원에 와서 가르침을 할 때면
대장장이 배점裵漸은
서원 기둥 뒤에 숨어 공부를 그리워하다가
신분은 일의 위치일 뿐 사람됨의 순서가 아니라는
선생으로부터 허락이 내려진 뒤부터는
반드시 뜰에 엎드려 절하고 꿇어
배우기를 한결같은 마음으로 하였습니다
배우는 일이 기뻐 집에 가는 줄도 놓았습니다

비석에는 대장장이 한 길 사내의 올깊은 삶이
비바람 넘어 겨울 햇살을 맞이하고 있었습니다
1614년 (광해 6년) 5월에 정문旌門을 세우고
1649년 3월 純의 손자 種이 묘비와 이 비를 세우다
1695년 3월 외外 7대손 임만유가 개립改立하다

비문에는 이런 사연이 새겨 있었습니다
배점은 흥해에서 이곳으로 옮겨와 살다가 죽다
천성은 순박하고 부지런하였으며
사람들과 허망한 말을 하지 않았다
부모 섬기기를 지극한 효성으로 하였으니
살아 계실 때는 보양하기를 극진함으로
돌아가시자 가을이면 추수한 곡식을 따로 타작하고
히브리 제사장들이 정결함으로 흠 없는 양을 드리듯
부모의 제사에 준비하는 정성을 먼저 놓았다
선생이 몇 가지 시험을 해 보니 뜰의 공부였지만
제법 글자의 순박함과 의미가 여미어 있음을 보았다
퇴계 선생의 심상心喪을 3년 입었으며, 사이
국상이 날 때면 상복으로 갈아입고 푸성귀만 먹었다

선생이 도산서원으로 돌아가시자
우러러 뵙고 싶은 마음이 너무 뜨거워
물 한 그릇 떠놓고 이른 아침이면 풀무질로
쇠를 끊고 두드리며 만지고 담금질하여
선생의 모습 철상으로 만들고 향을 피워
책을 읽고 여윈 모습 스승님을 가슴에 품었다

절차탁마切磋琢磨,
옛말이 어찌 배점을 두고 한 말씀이 아니겠습니까
배점은 실로 충효가 아울러 아귀가 맞았고
받듦과 착함의 삶이 두 봉우리를 이루었다
78세 돌아가시던 날에는
맑은 하늘이었다가 갑자기 큰비가 내렸고
비 그치자 갈가마귀 떼 뜰에 가득히 모였으니
이는 어찌 반포反哺의 예감豫感이라 아니하겠습니까

耳順의 길에 들어 나를 한번 돌아다봅니다
새끼들은 툭툭 시리고 빈 무릎만 남긴 채 떠나고
가르침의 한길도 밤길이듯 허무함으로 흘러서 가고
늙어가면서 베풂도 세움도 없이 허물어지는, 나를
얼의 바다에 난파한 조각배 나의 남은 조각의 끝의, 나를
지금은 등대도 없는 바다에서 다시 떠돌고 있는, 나를

절차탁마 오로지 한길
배점의 대장간 풀무 불에 달궈지는 꿈의, 나를
그리고 망치 아래서 흩어진 내 얼의 조각의, 나를
아픔으로 풀고 그리움으로 두드려 묶어봅니다

【註】裵斬 : 배 순이라는 이름으로도 기록되고 있으며 경상도 순흥의 대장장이로 알려져 오고
있습니다. 소수서원에 가면 서원 안에 배점의 비가 세워져 있습니다. 필자는 이 비석의
내용에 내 약간의 상상과 의역을 가하여 비문을 중심으로 이 시를 쓴 것입니다 필자가
韓畵家이기를 擇善固執하는 畏友 야송 이원좌 화백과 도산서원을 거쳐 소수서원을 찾아
갔을 때는 내 몸과 마음이 녹슨 철선의 밑창처럼 바스라짐으로 메말라 있었던 겨울이었
습니다.

月川書堂 가는 길

경북 예안군 월천리
월천의 서당이 자리한 곳은
낙동강 물결의 가을 기슭입니다
4킬로미터 이정표 따라 내 마음은 꾸불꾸불
빈한貧寒으로 허리 조인 月川 조목 선생의
잊혀진 서당을 찾아가는 길입니다

퇴계의 평생 학문의 벗이요
퇴계학맥退溪學脈의 오늘이 오기까지
갈래와 가닥을 샘물처럼 흐르게 하신
월천 선생의 서당을 찾아가는 길에는
가을 질경이 하얀 꽃망울과
연보라 구절초의 꽃 덤불과
가을바람이 날리는 옛 향기와
굽이도는 산길에는 반짝거리는 가을 잎들과
산 꿩의 울음이 높고도 맑았습니다

서당 안내의 작은 간판과 낡은 기와집 한 채
지푸라기가 흩어진 낡은 담 옆에는
몇 마리 거위의 큰 울음소리가
양계장 닭들 소리를 몰아가며 어지럽습니다
내 생각의 지푸라기를 긁어모읍니다
순간 火田民의 부싯돌을 나는 생각합니다

마른 먼지에 덮인 성긴 섬돌과 두 칸의 방과
좁은 마루가 있는 낡은 기와집 한 채
서당 오르는 예닐곱의 좁은 돌계단
돌계단 사이에는 푸른 멍처럼 가을 풀들이
낙동강 가을바람에 가슴을 말리고 있습니다

좁은 문

月川 조목 선생의 옛집입니다
좁은 돌계단 뒤의 작은 집은 비어 있었습니다
금이 간 검고 낡은 두 짝 대문의 집입니다
잡초들의 마당에는 선생의 서늘한 가난 냄새
댓돌 위에는 먼길 온 내 신발이 젖어 있습니다
벗겨진 내 마음이 가을햇살 아래 마르고 있습니다

이끼가 웃자란 낡은 기와의 지붕입니다
낮은 집 뒤꼍에는 어지러운 잡풀들
잡풀들은 이웃들마저 떠난 고향 마을 고샅길
고샅길의 고요처럼 그리움을 올리고 있습니다
눅눅한 방명록을 넘기다가 펜을 들었습니다
좁은 문이 가을바람에 저절로 반쯤 열리고 닫히는
댓돌 위 耳順의 내 신발이 젖어 있습니다
가을 햇살에 젖은 내 신발이 놓여 있습니다

가을 은행 나무

월천 조사경趙士敬 선생은
받듦의 안쪽 禮安面 月川里에서 태어났습니다
15세부터 퇴계 문하에서 닦음의 한길만을 살다 간
지금은 비어 있는 작은 서당의 집 한 채
士林의 성리학자 조목趙穆의 얼터입니다

서당의 낡은 대문 아래는
늙은 은행나무가 서 있습니다
하나 둘 잎들의 허공이 떨어집니다
늙은 옹이가 가을햇살에 찍히고 있습니다
예까지 허위허위 달려온 내 주먹 같은 옹이에
가지들만 형틀처럼 드러나고 있습니다

임방울 명창의 쑥대머리 한 마당이 터질 것 같은
잡풀에 잡풀이 목매어서 발목을 잡는 작은 마당
마당은 한낮인데도 귀뚜라미들의 울음터입니다

사기등잔과 안동 白布의 絶對義氣
노란 은행나무 잎들이 石楠꽃처럼
찾는 이 없이 떨어지는 잎은 서럽습니다
서러움의 끝을 물고 가을 잎들이
발길을 돌리는 내 마음
끝자락으로 다시 따라와 뒹굽니다

반쯤 열린 대문을 벗어나자
낙동강 물결의 창창함이 팔을 벌리고
가을 하늘이 낙동강 물길 따라 흘러갑니다
한 길 선비의 가난함이 고즈넉한 학문의 집
햇살 아래 월천의 서당과 은행나무는 서 있습니다

月川 조목 선생의 삶
- 선비로의 삶의 길에 대하여

가난과 깨끗함으로 살다 간 趙士敬 선생은
당신의 스승 퇴계를 좇아 知行의 한길을 배움으로
책을 읽고 질문하면서 배운 것을 그의 삶에 옮겼던
士林 선비로의 꿋꿋한 한길이었습니다
한 겨울에도 가끔 솥이 비어서 자식들 속에서
웅크리면서 읽어나간 心經의 갈피에 눈물이 떨어진
빈궁과 가난을 벗으로 삼은 언덕길의 선비였습니다
출사하여 행정에 종사하는 일을 부끄러움으로 알고
月川은 독서하며 퇴계 스승의 한길을 의지하고
스승의 행적을 좇아서만 살다간 사람들의 요체
명리를 넘어선 조선 선비의 본을 보인 생애였습니다

동계桐溪 정온鄭蘊이 지은 '月川神道碑銘'에는
선생의 아름다운 자질은 퇴계를 스승으로 만남에서
더욱 이루어 앞으로 나아감이 더해질 수 있었고
퇴계의 도학은 선생을 제자로 거둠으로써 빛나게 되었다
선생이 아니었다면 어찌 퇴계가 살다간 탁마琢磨를
지금 우리가 물려받을 수 있었을 것이며
퇴계가 아니었다면 어찌 선생의 깨우침의 한길이
보전될 수 있었을 것인가

이런 까닭에 내가 선생의 언행과 사업에 대하여 대부분
생략하고 상세하게 밝히지 않았으니
후인들 가운데 선생을 살펴보려는 사람으로 하여금
먼저 퇴계를 살펴보고 나서 그를 알게 하고자 함이다

동계 정온 선생은 月川集附錄『神道碑銘』에 절절한
월천 조목이 걸어간 제자로의 한결 길을 써 놓고 있습니다

【註】趙穆 : 호는 月川 字는 士敬, 퇴계를 만나 도학자로서의 기반을 굳히고 뒤로부터는 보이
지 않음까지 잠그는 일(藏修)과 독실한 행동으로서 학문과 덕성(實修)을 쌓았습니다. 현실
의 실리적인 정책에 앞서 일에 명분과 의리를 그의 삶과 사회의 정책수립과 정국 운영의
기본원리로서 중요시했던 士林의 한 길을 계속 추구했던 학자였습니다. 월천은 붕당朋黨
에서 朋이란 선한 무리들을 지칭하는 말이고, 黨은 이해에 민감한 무리들을 가리키는 말
이라 정의하고 있습니다. 그러므로 월천이 본 군자냐 소인이냐의 평가는 그 기준이 밖으
로 드러나는 일보다는 마음을 간수하여 잡는 일에 있어야 한다는 점을 강조하였습니다.
15세부터 퇴계의 훈도薰陶를 받고 출발한 그는 83세의 몸으로 세상을 떠날 때까지 도산
서원을 중심으로 퇴계의 유훈遺訓을 다듬고 기려 퇴계의 훈향薰香을 숭모하는 자세로 일
관하였습니다. 월천의 남달리 뛰어난 存心養成의 조행操行의 근저에는 치밀 · 명철 · 정확
의 태도와 그의 스승 퇴계와 의기투합으로 탐구에 심혈을 쏟았던 그의 심경을 연구한 心
學에 있었습니다.

가을 하늘 밝은 달처럼
— 월천 조목이 쓴 文純公 퇴계 이황의 行狀記

선생은 태어나신 자질이 뛰어났고 얼굴 모습은 맑고 밝았습니다. 성품 또한 어릴 때부터 단정하고 공경하였으며 헛된 말들을 즐기지 않았습니다. 자라면서 학문을 좋아하고 도의를 수양하고 총명과 정직과 孝悌忠信에 정진하였으며 겉과 속은 한결같이 옳아서 모가 나지 않았습니다. 기질은 부드러우면서도 굳세었고 말씀 또한 부드러움 속에서도 발랐습니다. 학문은 넓으면서도 성기지 아니하고 깨끗하면서도 교만하지 아니하였고 옛 법을 따르면서도 치우치지 아니하였으며 세상을 처함에 있어서는 어느 한 편으로 기울지 아니하였습니다. 연약한 몸이 옷을 이기지 못하는 듯하였지만 도에 나아가는 뜻은 금강석처럼 굳어서 소연히 멀리 티끌 세상을 벗어난 듯하였습니다 단단함으로 잡은 수양 공부의 효과가 일상의 삶과 모든 일에 자연스레 나타났습니다.

작록爵祿의 영광을 깊은 수렁에 빠지는 것처럼 두려워하였으며 의리와 진리를 탐하기는 입에 맞는 고기를 좋아하듯 하였고 학문이 이미 성취가 되었어도 당신의 학문을 단속하여 오히려 능히 이르지 못한 듯 정진에 힘을 쏟았습니다. 덕행이 이미 수련되었으면서도 '두 손으로 벼 포기를 잡듯 말씀이 낮아'(謙謙) 아무 것도 얻은 바가 없는 듯이 하였으니, 옛사람이 이른바 사람됨이 특출하고 수양이 가득해서 나아가는 길이 이미 정해져 있다고 한 말이 곧 선생 같은 분을 두고 일컫는 말씀이 아니겠습니까.

새벽에 닭이 울면 일어나서 세수하고 의대衣帶를 반드시 단정하게 하였으며 어머니께 문안을 드릴 때는 음성을 부드럽게 기운을 낮추어 그리고 얼굴빛은 순하게 하여 조금도 어머님께 꾸밈이 없었습니다. 어머니의 저녁 잠자리를 보아드릴 때도 선생이 몸소 하였으며, 일찍이 어머니를 모시는 일에 한 번도 집안의 아이들을 시키지 않았습니다.

경전을 구하여 널리 보고, 겸하여 성리에 대한 여러 책을 통독하여 이미 성현이 하는 일의 근본을 깨달아 여기에 마음을 두고 깊이 '가슴에 여민'(服膺) 지가 오래였습니다. 여러 사람과 함께 지체할 때도 옷깃을 여미고 단정히 앉아서 혹은 글도 보고 혹은 종일토록 묵묵하면서 閑話雜說을 하지 아니함에 사람들이 모두 공경하여 조심하였습니다. 비록 평소 교양이 없는 사람들도 선생을 대하게 되면 역시 모두들 몸을 단정함으로 단속하여 스스로를 계칙戒則하여 함부로 방자하지 못하였습니다

주선진퇴周旋進退가 부드럽고 너그러워 법도에 맞고 어묵동정語默動靜은 단정함과 자상함이었습니다. 그리고 생활의 모습은 조용하고 태연하여 분기를 띤 기미를 말씀에 나타내지 아니하고 비복들에게도 나무람과 꾸짖는 말씀을 나타내지 아니하셨습니다. 음식 의복 등의 절도에 이르러서는 더욱 절약하고 검소하게 하여 사람들이 능히 견디기 힘들지라도 태연하였으니 선생의 천성은 그렇게 여미어진 삶인 것같이 보였습니다.

생활은 간소하게 몸가짐은 치밀하게 하여 위의威儀와 동정하는 사이 사물을 수용하고 대접하는 일이 각각 그 도리가 됨에 합당하지 아니함이 없게 하였습니다. 그러므로 모든 고을 사람들은 선생의 감화에 승복하고, 멀리 있는 사람들은 그 덕행을 흠모하였으며 착한 사람은 그 도덕을 즐겨서 따랐습니다. 비록 착하지 못한 사람이라 하더라도 선생의 의리를 두려워하여 무릇 어떤 일이 있을 때는 반드시 『선생님 이런 경우는 어떻게 함이 올바름이겠습니까』하고 여쭈어 본 후에 실행하였습니다. 그러므로 선생을 아는 사람이나 모르는 사람이나 모두들 『퇴계 선생』이라 일컬었고 선생의 관직 이름으로는 일컫지 아니하였으니, 이것은 벼슬의 직위가 선생에게는 영광이 아니었음이 증명되고 있음입니다.

학문을 배우러 모여드는 선비들이 날이 갈수록 더욱 많았는데도, 선생은 그 '실력의 깊이에 따라 알맞게 계발하여'(道問學) 순순히 타이르고 이끌어 주었고, '한결같이 권태를 이기고 마음을 바르게 기르는 법'(心術)을 밝게 열어주고 그 '기질을 변화시키는'(尊德性) 것을 먼저 하였습니다. 말씀의 토대는 곧 검증을 받아 전하는 성현의 말씀으로 하였습니다. 그 이치는 곧 마음으로 얻은 것이고 그 쓰는 것은 세상만사에 고루 퍼졌고 그 체득한 것은 선생의 한 몸에 갖추었습니다. 이로 말미암아 먼 지방으로부터 선생의 덕망의 소문을 듣고 모여든 선비들이 수 삼백 리 길을 온통 발이 부르터 터져가면서 선생에게 배움을 청하였으며 達官貴人에 이르기까지 또한 마음을 기울여 우러러보고 그리워하였는데, 사람들은 선생의 학문을 강론하고 몸을 닦는 공부를, 그 본으로 삼았습니다.

회옹晦翁(주희)이 죽은 이후로 학문의 가지와 갈래가 갈라져서 유학자들이 바른 정통을 지키지 못하였습니다. 그러므로 理學에는 통론이 있고 학술에는 전체의 통일이 있어야 하는데, 주자서는 갈래를 잡아 묶음에 체계가 너무 넓어서 노력함도 많아야 하지만 능히 그 요령과 취지를 바르게 규명하지 못하였습니다. 선생이 주자서의 핵심이 되는 말을 '깎고 바로잡아 매듭을 지어'(刪節) 선생에 의하여 성학이 비로소 자리를 잡고 발달할 수 있도록 하였습니다.

선생은 자나깨나 爲己의 학문 하나만 못한 것이 허다하다고 하여(불교나 양명학 등) 무엇보다 널리 배우고 살펴서 묻고 정밀하게 생각하고 힘써 실천하는 것이 중요하다고 생각하였습니다. 선생의 학문은 먼저 가깝고 작은 데서 출발하여 멀리 큰 데까지 이르게 하는 '맑게 가름과 뒤섞임'이 합치하여 안팎이 겸비하였습니다. 知行이 함께 나아가 동물과 식물이 함께 생성하듯 배움과 옮김의 번거로움을 인내하고, 쓴 것을 맛들이듯 아침저녁으로 끊임없이 생각하고 실천하여 마음을 풀어지게 아니하였습니다. 선생은 밤중에 일어나서 四書·三經 등의 글을 외어서 스스로를 단속하였으나 당신은 이것으로도 도를 다했다고 만족스럽게 생각하지 아니하였습니다. 허심虛心과 겸손함으로 묻기를 좋아하고 가까운 데서부터 성찰하였으며 자신이 얻지 못한 것은 사람들의 말을 좇아서 그것이 이치에 맞으면 취하여 자신의 것으로 物我를 서로 보완하고 함께 발전하여 자신도 이루어지고 사물도 이루어지는 도리를 구비하였습니다.

시를 읊고 문장과 글씨를 쓰는 일은 학문을 연찬研鑽하는 여가의 일로써 일찍이 전아연정典雅研精의 이름과, 이름을 안으로 거두어 키우는 값이 선생에게는 있었습니다. 만년에 이르러 작품 중 화려하고 색채가 나고 날카롭기가 칼날 같은 문장은 털어 내리고 긁어 버리고 거두고 숨기어서, 그저 부드럽고 결백하며 건실하고 느낌이 깊은 문장으로 단정하고 방정하였습니다. 치밀한 작품은 마치 두 손으로 쉽사리 풀 듯하였으니 읽는 사람으로 하여금 옥으로 담은 거울을 만지는 것 같았습니다. 또한 품위의 두터움과 교양의 심오함을 보게 하여 이와 같이 나날이 전진하였던 것입니다.

조정에서 불러도 정치의 현장으로 오지 아니하고 붙들어도 머물지 아니하므로 조정의 벼슬아치로부터 아래로 이름 없는 선비들에 이르기까지 '고집이 너무 지나치다' 또는 '산에 살고 있는 새다'(山禽) 라는 의혹도 없지는 않았으나 언제나 확고부동해서 그 뜻을 바꾸지 아니하고 오직 의리에만 따를 뿐이었습니다. 이처럼 선생이 처신함에 대하여 사람들이 선생의 뜻을 알지 못하였으나, 몸소 실천한 바의 삶은 古人에게 견주어도 부끄러움이 없을 것입니다. 그러므로 우리 동방사람들은 마치 상서로운 기린이 숲 속에 있는 것처럼, 높은 뫼의 뿌리가 우뚝 솟은 것처럼 선생을 우러러보았습니다. 그러나 선생은 스스로 이르기를 『헛된 이름으로 높은 작위를 취하고 강호에 처해 있으면서 이름만 조정의 관적官籍에 두고 있음이 평생에 가장 큰 근심이다』라고 말씀하셨습니다.

　그리하여 벼슬에 나아가기만 하면 곧 선생은 물러날 것을 빌었고 말년에 와서 벼슬을 사임하는 통상의 규칙에 따라 세 번 잔을 올려서 치사致仕할 것을 간절히 빌었으나 윤허允許를 얻어내지 못하였습니다. 또 질병이 깊어서 유언으로 자제들에게 훈계하기를 『내 죽은 뒤에 비석을 세우지 말고 예장禮葬(정부의 장례 절차)을 사양하며 다만 ‘퇴도만은退陶晩隱’의 호만 새겨 묘 앞에 세우라』고 하셨습니다.

　오호라, 진정 이것이 선생의 살아오신 일상의 겸허한 뜻이었습니다. 선생의 학문을 배우는 자는 비록 많으나 그 뜻을 아는 자는 드물었고, 아는 사람이 설혹 있다고 할지라도 진실로 얻은 사람은 더욱 적을 수밖에 없어서 선생이 실천한 덕행의 아름다움을 표현하기가 어려웠습니다. 그러나 나중에라도 선생의 학문을 잘 알아보고 읽는 사람이 있어서 마땅히 이러한 면을 구명究明한다면 선생의 마음가짐을 알게 될 것입니다. 위로 주자의 세대와의 거리가 거의 400년이 되었고, 지세의 거리가 또한 거의 만여 리가 되는데 선생은 오히려 주자의 글을 면밀히 검토하여 읽고, 그의 옳음을 구했고 그의 도리를 통달하였습니다. 만약 후세의 사람들이 선생이 주자의 학문을 배우듯이 선생의 학문을 힘써 배워서 구하기만 한다면, 선생의 道學에 이르는 것도 멀지 아니할 것입니다.

생각ㅎ건대 우리 동방의 좁고 고루한 선비들은 극히 국한된 견문에만 사로잡혀서 위로부터 전하여 줌이 없었고, 아래에서 이어받은 바가 적어서 비록 뜻을 품은 사람이 있었다 할지라도 목적한 바에 도달한 사람이 드물었습니다. 오로지 학문의 正大함과 의리의 맑음과 깊이에 대한 연구가 철저한 곳까지 도달함과, 몸가짐의 앞뒤가 체계적이면서 확실함과, 마음을 가라앉혀 도를 체득하여 덕을 이룬 사람을 찾는다면 목穆의 소견으로는 오직 퇴계 선생 한 분일 뿐입니다.

그런데 이제는 산이 무너지고 들보가 꺾여졌으니 吾道를 의탁할 곳이 없어졌습니다. 嗚呼痛哉라

【註】 **文純公 言行錄** : 퇴계의 여러 門下生들의 言行錄 중에서 月川 趙士敬이 쓴 선생에 대한 언행록을 여기에 전재轉載하였습니다. 그러나 이 책의 성격상 전부가 아닌 부분을 필자의 임의대로 발췌하여 실었음을 밝힙니다. 발췌의 기준으로는 현 시점에서 퇴계가 지탱했던 삶의 근간이 무엇이며 지금과 같은 지구촌 시대와 산업사회에서 도움이 될 수 있다고 판단이 되는 곳을 필자 나름대로 골랐습니다. 그리고 시대를 생각하며 몇몇의 근간어는 의역도 하였음을 밝힙니다. 그러나 이렇게 한 이유는 지금 시점에서 퇴계의 삶과 앎의 자세가 왜 우리에게 필요한가에 초점을 맞추려고 한 나의 작은 판단과 노력이었습니다.

여섯째 마당
退溪의 聖學十圖에 나타난 앎과 삶의 생명세계

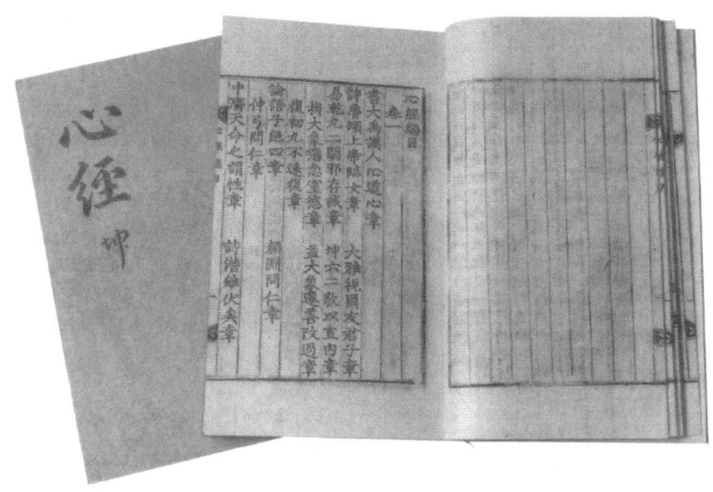

退溪의 聖學十圖에 나타난 앎과 삶의 생명세계

삶의 우러름과 모심에 대하여

2001년은 조선 신유학의 거봉巨峰 퇴계 이황 선생의 탄생 500년(1501~1570)을 맞이한 해였습니다. 경상북도와 안동시, 도산서원을 중심으로 퇴계 선생의 거경궁리居敬窮理로의 학문의 길과 계신공구戒愼恐懼하셨던 지경持敬의 삶이란 어떤 것이며 퇴계를 통하여 본 유학적 삶의 패턴이 지금까지 우리의 현실 속에서 어떤 방향으로, 어떻게 영향을 주고 있으며, 21세기 정보산업 사회에서의 선생의 영향 등을 재조명해 본 뜻깊은 한 해였습니다. 유학적인 사고와 禮가 지금도 잘 간직되고 있는 땅, 경북 안동시와 전국의 유림회儒林會, 그리고 퇴계 국제학술회 등이 주축이 된 선생의 앎과 삶을 중심으로 하는 다양한 행사가 베풀어졌습니다. 늦은 감이 있지만 필자는 21세기가 시작되는 이 시점에서 퇴계의 앎과 삶을 집중적으로 집어본다는 것은 상당한 역사적인 의미를 부여할 수 있는 일이라고 평가하고 있습니다. 왜냐하면 이 나라 반만 년 역사의 인물 중에 현재 세계적으로 관심이 되고 연구를 하고 있는 우리 나라의 사상가로는 퇴계 이 황 한 사람 뿐이기 때문입니다.

필자도 안동 MBC TV에서 기획 제작한 '퇴계에로 가는 길'의 3부 중 한 부분에 잠시 출연한 바가 있었습니다. 방송국의 기획 의도는 선생이 탄생하신 지 500년, 오늘에 이르기까지 퇴계학을 연구하는 전문인이 아닌 생활 속에서 직·간접으로 영향을 주고 있는 퇴계의 모습을 찾아보는 일이었습니다. 그 중 필자가 출연한 3부의 내용 구성은 서구인이 만난 동양의 퇴계(러시아 학자 朴老子(한국 이름) 노르웨이 오슬로대학 교수), 중국 춘추전국시대의 무정부주의자인 묵자墨子에게 심취되었다가 퇴계로 돌아온 재야 운동가(理氣一元論을 주창했던 성리학자로 퇴계와 학문적인 논쟁을 통하여 선생의 학문을 精鍊시킨 기대승의 후손인 기세춘 선생), 그리고 기독교 신자인 필자의 3 사람이었습니다.

특히 필자의 경우는 동양의 자연신관이랄 수 있는 주역에 입각한 퇴계의 인본주의적인 하늘을 우러르는 삶의 법과, 필자가 속하고 있는 헤브라이즘의 이원론에 입각한 신본주의인 기독교인의 삶의 현장에 초점을 맞추었던 기획이었습니다. 사람은 되어가야 함의 존재임을 믿고(所以然과 所當然의 조화적인 삶) 성실하게 사람됨의 삶을 붙들고 우러르며 살았던 퇴계의 하늘과 사람(天人合一)에 대한 동양적인 인본주의의 '우러름敬'과 기독교인인 필자의 신을 우러르는 신본주의 삶의 『우러름』의 삶에서 느껴지는 현실적 감각을 대비시켜서 찾아보려는 기획이었습니다.

2001년 퇴계를 기념하는 행사 중 필자가 직접 찾아가고 참여했던 모임으로는 서울 '예술의 전당'에서 기획한 퇴계 선생의 삶과 철학을 현대적 관점에서 두루 조명했던 학술강연회와 예술의 전당 서예관書藝館에서 전시했던 선생의 체취가 남아 있는 붓 글과 제자들의 글씨 등을 둘러 본 것이었습니다. 그리고 그 해 가을 며칠에 걸친 안동 청소년 야외수련원에서 진행되었던 퇴계 500년 탄생을 추모한 국제적인 행사였습니다. 그 중 필자에게 인상 깊었던 것은 지금도 그 전통의 맥을 잇고 있는 전국의 유림들이 현대적 외모 위에 당시의 복식을 재현하여 입고 행사에 참여한 500년 시대 이쪽 저쪽의 생각과 복식의 차이와 선생의 핵심 사상인 성학십도를 구술의 가락으로 재구성하고 청소년에게 낭독하게 한 것이었습니다.

1568년 12월 우리 나라 신유학의 開祖인 68세의 퇴계 선생이 17세 선조 임금에게 올린 진성학십도차進聖學十圖箚에 보면 사람의 마음心에 근거하여 사유하고 일에 나아가 학습하는 주체로의 나와 대상과의 작용 체계며 우러름敬의 수양론으로 일관하는 성학의 방법을 요약하여 제시하고 있습니다. 여기서 성학이란 聖王으로의 학문 곧 제왕으로서 덕을 닦는 심법心法을 밝힌 제왕학帝王學인 '어진 임금이 되기 위한 학문' 이면서도 나아가 모든 사람의 생각과 노력 여하에 따라 이상적 사람이 되는 성인을 지향하는 길로서 결국 도학의 핵심을 밝힌 것입니다. 성학십도는 본체론本體論, 위학론爲學論, 심성론心性論, 수양론修養論 등 道學의 전체 규모를 10개의 그림과 간략한 말씀(圖說)으로 구성하여 압축시켜 놓은 것입니다.

필자가 읽은 대부분의 퇴계를 연구한 학자들은 퇴계 선생의 앎과 삶이 요약된 성학십도의 구조를 다음과 같은 두 측면에서 해명하고 있습니다. 하나는 天道에 근본을 두고 인륜을 밝히고 덕행에 힘쓰는 길(1~5도)과 또 하나는 심도心道에 근원根源함으로써 일상 생활에서 실천하며 경외敬畏를 높이는 길(6~10도)을 제시한 것입니다. 이렇게 성학십도는 동양 사상의 核인 천도와 인도가 상응하는 수양의 '天人相應 구조'를 제시하고 있는 것입니다. 또 다른 분석은 제 3도인 소학도와 제 4도인 대학도를 10도의 중심으로 삼고 제 1도 태극도와 제 2도 서명도를 학문의 처음 실마리를 찾아서 확충하고 하늘을 본받아 도를 실현하는 극치로서 학문의 표준이 되는 것으로 규정하였으며 제 5도 백록동규도로부터 제 10도 숙흥야매잠도까지는 善을 밝히고 나를 참되게 하며 德을 높이고 일을 넓히는데 힘을 기울이는 것으로서 학문의 터전이 된다고 보았습니다. 특히 8, 9, 10도에는 퇴계 철학의 꽃이라 말하는 敬(持敬과 居敬)의 실천 방법을 제시한 것으로 퇴계 선생의 聖學 구조가 우러름敬을 핵심원리로 삼고 있음을 잘 보여주고 있습니다. 이 도圖와 도설圖說은 압축된 간략한 구조로 이루어져 있어 퇴계 철학의 핵심이 천도와 心性을 하나로 꿰뚫고 있는 '理 철학' 이요 이를 우러름敬의 심법心法으로 실현하는, 안으로는 거경居敬과 밖으로는 궁리窮理의 학행일치의 수양론인 것을 알 수 있습니다.

그러나 필자의 퇴계에로의 접근은 실존적인 기독교 철학자 폴 틸리히가 말한 "삶은 높이나 넓이가 아니라 깊이다. 깊이를 보는 사람은 신을 만나는 사람이다." 라는 평소 필자가 퇴계를 보았던 신념과 아울러 모든 사상은 그 시대의 산물임을 감안하여 쓴 것입니다. 그러나 퇴계에 대한 필자의 천박한 학식으로는 심히 두려운 일이었지만 내가 평생 붙잡아오고 있는 시인이라는 입장에서 퇴계의 삶과 철학을 조명하고 시로 형상화시켜 보는 일도 의미가 있을 것으로 생각하였습니다. 이런 관점에서 필자가 접근해 본 성학십도는 퇴계가 말하는 '되어 가는 존재로서의 사람됨 '을 중심으로 하면서 동양 사상의 다른 한 축인 장자가 말한 이철위총耳徹爲聰, 목철위명目徹爲明, 비철이전鼻徹爲顫, 구철위감口徹爲甘, 심철이지心徹爲知, 지철위덕知徹爲德으로의 사람됨을 덧붙여 생각하면서 글을 쓴 것입니다. 즉 되어감의 존재로의 사람의 단계는 귀와 눈이 먼저 뚫려서 듣고 보는 耳目의 제자(아이)가 됨에서 출발, 자기의 말과 자기만의 향기를 지니는 口鼻의 스승(어른)의 단계로 진보되어 가는 인생의 네 단계를 전제하였습니다.

그리고 다음 다섯 여섯 단계인 제자가 다시 스승이 되어서 사람됨의 자리를 잡는 心과 德의 두 단계를 더하여 동양적인 성숙함과 서구적인 실존적 인간으로 사는 삶의 법을 보태어 해석한 것입니다. 왜냐하면 퇴계의 글 속에는 틸리히가 바라는 서양적인 표현의 선생에 대한 정의가 있기 때문입니다. 좋은 스승이란 깊은 골짜기의 난초 꽃처럼 남에게 자기를 잘 드러내지 않은 사람이라고 한 퇴계 선생의 말이 그것입니다. 그리고 도산에 묻혀서 스스로 공부하고 사람됨을 실천하면서 제자를 가르쳤던 퇴계의 공부의 자세는 한결같이 종교적인 삶이 지향하는 '나를 미루어 너를 이해하는' 爲己之學의 방법이 그것을 증명하고 있기 때문입니다.

거듭 말씀을 드리지만 지금까지 우리 나라에서 유일하게 세계적으로 알려진 학자로는 퇴계 이황 한 사람뿐입니다. 퇴계는 중국으로부터 받아들인 주자 등의 신유학을 나름대로 심오한 연삭研索과 진지한 체인體認의 삶을 통하여 당시 우리 나라의 현실 속에서 독특하게 심정心情을 중심으로 한 心學의 성리학을 토착화시킨 종정宗匠입니다. 인류의 정신사를 살펴볼 때 깨어 살아갔던 한 사람의 중요성에 대하여는 누구나 다 인정할 것입니다. 아울러서 빛과 힘은 대중이 아닌 한 사람에게서 나온다고 보는 기독교적인 입장의 필자가 가지고 있는 신념이기도 합니다.

지금의 시대는 사람이 무척 중요하다고 말들을 하고 있습니다. 그래서 되어 가는 존재로의 사람의 중요성을 일깨우며 살았던 퇴계는 우리 민족이 가꾸어온 사람에 대한 신뢰와 사람을 우러름이라는 人乃天의 정신사를 세계적인 가치의 지평까지 확장시킨 점에서도 높이 평가를 받아야 합니다. 여기서 힘을 얻어 필자의 부덕한 필치일지라도 선생의 되어감으로의 삶의 과정을 한 번 짚어보고 싶었던 것입니다. 이 일을 시도하면서 먼저 필자는 내가 지금 어디에 서 있는가 라는 나의 현존재에 대한 질문과 더불어 진지함으로 다시 나의 현실을 돌아보게 되었습니다. 또 내가 관여하고 있는 현대시를 포함한 모든 정신문화가 지금의 아수라阿修羅(백악관의 통로나 맨하탄의 증권가, 청와대나 여의도 증권가 등)와 아귀餓鬼(상품의 가치로 평가되는 운동선수의 몸값이나 예술 그리고 사람의 소비 본능을 충동질하는 메스컴을 통한 대량 상품의 광고)가 득시글거리는 저자거리처럼 경망스러움에만 휩싸여 허덕인다고 필자는 진단하였습니다. 그 결과 필자 또한 물위의 물거품이나 찢어지는 물 갈래와 파도만 보는 수평의 삶에 머물러 있음의 나로부터 퇴계의 수직의 삶을 통하여 먼저 내 삶의 깊이를, 파도의 근원이 물이듯이 나의 진체眞諦인 물과 바다를 한 번 잡고 가늠하여 보고 싶었던 것입니다.

성학이란 유학의 다른 이름입니다. 유학은 실천을 중심으로 한

'된 사람인 스승(聖人)'을 중심으로 학통學統이 이어지기 때문에 또 道統의 學인 道學이라 말을 합니다. 필자는 이 글의 관점을 기독교계에서 곡해되고 있는 그저 제사가 중심이 된 유교儒敎라는 말이 아닌 敎의 개념을 중용中庸의 성性↔ 도道 ↔ 교敎로 고리를 꿰는 입장으로 해석하여 유교의 종교성이라는 입장을 제거하려고 했음을 밝혀 둡니다.

천인상응의 터전으로 유학과 기독교의 공통적인 하늘 우러름의 한 모색의 지평을 생각하며 이 글을 쓰게 되었습니다. 바꾸어 말씀드리면 주역의 자연주의 관점과 퇴계의 말처럼 하늘의 허점도 인간의 정성에 의하여 깁을 수 있다는 인간을 신뢰하는 인본주의 관점에서 유학(유교)을 해석하고, 기독교의 유일신과 속죄론도 예수의 사람으로 오시었음의 상징성을 우선하면서 쓴 것입니다. 이런 유학에 대한 나의 입장은 내가 20년 가까이 김홍호 목사님의 동서서양을 넘나드는 이화여대 연경반研經班에서 공부한 생각들도 필자의 이런 해석과 입장을 세우는데 많은 도움을 주었습니다. 현제 선생님은 필자에게 유태교가 로마의 법을 잡아먹고 서구와 세계를 이끌어 가는 기독교가 되었듯이 이제 우리의 기독교도 동양의 사상을 잡아먹고 다시 세계로 나아가야 기독교의 발전이 있다는 말씀에 필자는 많은 용기를 가졌습니다.

김홍호 선생님은 '되어감으로의 사람의 존재임'을 '나 알 알 나'라는 말과 '쌀→ 살→을→ 얼'과 같은 우리말의 표현을 빌려 설명하고 있습니다. 여기서 나 알의 뜻은 내가 나의 췌리로부터 나가기를 위해 나를 앓는다는 뜻이고, 알 나는 췌리의 나를 앓음이 있음 후에야 되어감의 사람인 나의 입장이 바로 서게 된다는 뜻입니다. 또 쌀의 단계는 자연과 물질의 세계를, 살의 단계는 생명과 몸의 세계를, 을의 단계는 의식인 마음의 세계를, 얼의 단계는 실존과 영靈의 세계를 말하고 있습니다.

어떤 퇴계의 학자들은 퇴계 선생이 만든 성학십도의 1~5도는 주역의 64괘 중 1~30까지의 상경上經의 괘가 하늘의 질서인 천도에 바탕을 두고 있는 것처럼 사람의 일도 인륜을 밝히고 덕업德業에 힘쓰는 데 있다고 말을 합니다. 6~10도는 주역 31~64괘까지의 하경下經의 괘가 사람의 심성에 근원을 하는 것처럼 성학聖學의 요령은 전체적인 사람의 삶 속에서 일상에 힘쓰고 너를 경외敬畏함에 힘을 쓰는 데 있다는 천인상응의 구조로 이루어져 있음을 말하고 있습니다.

　다음으로 敬의 성리학자인 퇴계가 본 문학은 어떤 것이었을까, 동양의 정신적인 스승들이 자연에서 인격수양의 발판을 닦았듯이 퇴계 역시 학문의 입장과 시의 태도는 구분되는 것이 아니라 시는 오랜 인격의 수양에 의한 정신의 함양으로부터 이루어진 기교와 정신이 융합된 것으로 보았습니다. 일반적으로 철학에서 자연을 보는 관점은 자연을 생각과 이치로 해석하려는 것이고, 문학에서 자연을 보는 관점은 자연에 대한 느낌을 감동적으로 표현하려는 것입니다. 소당연지칙所當然之則으로의 인간은 소이연지고所以然之故를 알아야 하고 그 길로 가는 것을 마땅한 준칙과 도리로 여겼습니다. 왜냐하면 조선시대 선비들과 식자들의 생각은 자아를 사회적 존재로의 가치보다는 먼저 본질적인 존재론에서 자아를 성찰하고 수신하며, 자신의 가치를 실천과 궁행함에서 시작하여 사회로 나아가야 한다는 것을 신념으로 하였기 때문입니다.

　더구나 퇴계처럼 조선시대 士林들이 자연의 山水를 찾은 까닭은 사회를 도피하거나 소외받은 고독한 인간으로의 모습을 의탁하려 한 것이 아니었습니다. 자연(所以然의 세계)의 질서 속에서 사람됨(所當然의 세계)으로의 바른 가치관을 찾고 실천하며 타락한 윤리성을 회복하여 하늘의 천성이나 성선性善의 모습으로 돌아가는 것이었습니다. 즉 사림들이 본 자연의 산림은 패배자의 도피처가 아니라 자연의 질서를 보며 자연과 더불어 사람의 취리를 절제하여 바른 가치관을 형성하려는 도량이었습니다.

퇴계는 도연명의 시를 좋아하여 그의 대상을 보는 방법과 시작 태도를 자기의 시를 쓰는 방법으로 활용하였습니다. 도연명의 시는 내용(詩意)과 형식(形似)에 기교를 탈피하고 정신의 자유로움 속에서 대상을 관조하고 직관에 의하여 사물에 내재하는 가치를 나타내고 있어서 평담平淡이라는 말로 평가하고 있습니다.

平淡이란 옛날 중국에서 시의 품격을 가르는 네 단계 ① 능격能格, ② 묘격妙格, ③ 신격神格, ④ 일격逸格 중에서 최상의 격인 逸格을 말하는 것입니다. 도연명의 시를 平淡이라 하는 것과는 달리 퇴계는 자기의 시를 '枯淡'(시의 속에 들어 있는 이념)이라고 하여 남들이 그리 좋아하지 않는다고 말하고 있습니다. 그러나 일찍이 홍길동전의 저자 허균은 "선생의 시는 높은 경지에 들려고 애쓰지 않는데도 저절로 높아져 있다(而先生詩 不翼高自高)."라는 평가를 하고 있습니다. 이것은 퇴계가 썼던 시와 학문의 태도가 그의 삶 안에서 조화를 이루고 있음을 말한 것입니다. 필자는 허균의 이 말을 "퇴계의 시는 平淡이었다"라는 평가로 받아들여도 무리가 아니라고 생각합니다.

시와 학문이 자연처럼 어울려야 함을 퇴계는 시의 보편적인 경지라고 보았습니다. 나아가 널리 알려진 도산12곡에서는 퇴계 특유의 자연에 어떤 가치를 부여함으로써 道學詩의 의상意象인 자연을 형이상학적 미의 대상으로 바라보게 하면서도 시로의 완성을 이룬 것입니다. 이렇게 퇴계는 현상의 자연이라는 氣를 통하여 理의 세계를 드러내려는 태도와 기쁨을 쓰려고 하였습니다. 그래서 퇴계 시의 내면을 보면 이성적인 인식이 반드시 감성적인 인식에 우선하여 있음임을 보게 됩니다. 즉 性과 理를 탐구하여 心을 존양성찰存養省察하고 만사와 만물의 所以然之故와 所當然之則을 밝혀 우주적 질서를 조화로움 속에서 파악하고 인간행위의 규범을 수립하려고 하였습니다. 이처럼 퇴계가 본 시의 관점은 天地人에 내재해 있는 所以然之故인 天性을 所當然之則의 人性과 조화시켜 자연의 질서에 참여하고 인간의 기강紀綱을 만들며 성령의 심오한 경지를 통하여 인간완성을 이루고 더 나아가 天人合一의 경지에 이르고자 함이었습니다.

한편 유학이 사회와 정치에 적용될 때의 바른 길은 첫째 군자학 君子學을 힘써 격려하고 둘째는 인륜과 도덕을 숭상하며, 셋째는 청렴淸廉과 절의節義의 존중입니다. 퇴계가 중요하게 생각한 心學은 正心을 가지는 데 그 궁극적인 목적이 있으며 正心이란 평계하지 아니하는 바른 마음으로 본 것입니다. 心學은 사람의 마음을 體와 用으로 나누어 미발未發인 體는 存養하고 이발已發인 用은 성찰하는 것입니다. 퇴계의 심학은 그 대상이 어디까지나 사람이며, 그 중에서 항상 자아가 중심이 되고 있습니다. 자아가 학문의 출발점이었으며 주체가 되어 있습니다. 퇴계의 사람에 대한 이런 앎과 삶의 입장이 자기의 정체성을 잃어버린 현대인을 구원하는 길이 될 수 있다는 것이 필자의 신념입니다. 자기의 正心은 거경궁리居敬窮理하는 학문을 통하여 이룩하는 것이므로 실천궁행과 자강불식이 전제되어야만 합니다. 거경居敬은 반드시 실천이 따라야 하는 것으로 마음의 已發뿐만 아니라 未發에 있어서도 적용되어야 함으로 퇴계는 이것을 계신공구戒愼恐懼라고 하였습니다. 그리고 궁리란 사물의 이치를 근원에 이르기까지 궁리해나가는 것입니다. 그러므로 유학에 있어 居敬과 窮理의 중요성을 예로부터 수레의 두 바퀴와 새의 두 날개로 비유하여 오고 있습니다.

유학은 생활철학이기 때문에 유학의 학문정신이란 학문적 입장을 포함하여 日常起居의 규범, 심지어는 일상생활의 관습에 이르기까지 폭넓은 영역 속에서 오랜 세월에 걸쳐 이루어져 온 것입니다. 또 유학에서 인격이란 학문적인 입장에 따라 실천과 궁행이 따르는 사람됨의 총체적인 생활의 풍모라고 할 것입니다. 敬이란 내가 이웃에게 가지는 공경의 마음이요, 고마워하는 마음이며, 나의 마음과 손길이 필요한 이들을 보살피고 도와주려는 마음이 퇴계의 聖學十圖에 일관되어 있는 정신입니다. 이것이 율곡(성학집요의 收斂과 正心章)이 말하는 敬의 개념인 것입니다. 즉 敬은 우리가 차를 몰고 가다가 잘못을 알고 U턴하는 것처럼 방향전환을 하고 목적지를 향하여 용왕매진勇往邁進하는 것입니다. 그리고 이것이 나의 말과 행동으로 나타나서 자연스러움으로 익어가는 것입니다. 이런 바른 마음가짐에 대한 공부가 유학의 心法입니다. 理氣는 情에 단서하고 있기 때문에 사물에 의거하여서는 나누어 볼 수 없으나 논리상으로는 나누어 볼 수 있습니다. 이것이 퇴계가 주장한 理氣二原論입니다. 理는 우주를 眞空妙有라고 할 때의 眞有로서 氣에 앞서 존재함과 동시에 초월자로서 영원불멸하며 氣의 작용으로 인하여 흩어져서 萬事와 萬物에 부여받게 되어 있는 것입니다. 그러나 理에 비하여 氣는 형체를 가진 것이기 때문에 유한한 것입니다. 理는 所以然之故로 존재의 원리이고, 所當然之則으로서 인간행위의 준칙입니다. 이것을 궁구하는 학적인 방법이 유학이 말하는 格物致知인 것입니다.

퇴계가 보는 시의 효용은 사물에 내재하는 리와 자아의 리를 파악함으로써 理라는 면에서 주객이 일치하며 물아일체를 깨닫게 되고 여기에 흥이 일게 되어 시를 지으니 자연히 퇴계의 시는 자아의 理를 밝히어 노래하고 나아가 만물에 내재하는 리를 밝혀 노래하게 되는 것입니다. 그러므로 퇴계의 자연을 읊은 시는 표면적으로는 산수의 정경과 자신의 감흥을 노래하고 있지마는 그 이면의 표현하고자 하는 바는 그러한 산수의 敍景에 앞서 있는 리를 밝혀 노래한 것입니다. 예컨대 퇴계의 매화에 대한 시를 볼 경우도 매화라는 格物을 통하여 우주의 眞有인 理를 노래함이니 이것은 현대시로 말하면 매화라는 卽物을 통하여 우주에 존재하는 진리를 체득한 형이상의 기쁨을 표현한 것입니다.

理란 우주의 본체요 보편지普遍知로서 그 속에 四德(元, 亨, 利, 貞 또는 仁, 義, 禮, 智)을 고루 갖추고 있으며 제 홀로 모습을 드러낼 수 없는 未發의 상태입니다. 그렇기 때문에 현상으로의 만물은 음양오행의 氣를 받아 유형화될 때 이 理를 내재하게 되는 것이니 이것을 心으로 말한다면 性이 되는 것입니다. 퇴계가 본 詩의 아이덴티티는 무엇보다 道心에서 우러나야 한다고 생각하였습니다.

지금까지 이런 퇴계의 학문의 입장과 시에 관점의 소개는 필자의 단편적이고 피상적인 살핌이었지만 이 시집 속의 퇴계를 제재로 한 시를 읽는 데 도움이 되었으면 합니다, 그리고 지금 세계는 우주를 둘러싸고 있는 신과 자연과 사람의 문제들이 난마처럼 얽혀 있다고 말하고 있습니다. 또 이 얽힘을 푸는 열쇠는 결국 사람에게 있고 사람의 문제를 풀어야 질서가 바로 선다는 말을 하고 있습니다. 학행일치學行一致로의 삶의 법과 리기호발理氣互發이라는 형이상(理 · 體 · 본체)과 형이하(氣 · 用 · 현상)의 실존적인 인식을 체득하고 실천하면서 평생의 삶을 오직 우러름의 한 길을 살아갔던 퇴계, 퇴계를 공부하는 많은 사람들은 그 해답과 가능으로의 지평이 선생의 앎과 삶의 법에 일관하고 있는 우러름敬에서 찾으려고 노력하고 있습니다. 이런 퇴계의 자연(신)과 사람의 유기체적인 일체감의 삶법이 세계로 알려지면서 과학에 의하여 상실된 신과 인간의 문제를 해결할 수 있는 한 방편으로 대두되고 있습니다. 퇴계의 신유학에서 추구했던 이 사람에 대한 우러름의 삶의 방법이 세계의 지성인들로 하여금 유학에 눈을 뜨게 하였고 퇴계가 추구했던 신유학이 삶이 절실한 모래알 같은 현대의 삶에 지대한 공헌을 하리라고 기대하고 있습니다.

위에서도 말씀을 드린 바가 있습니다만, 퇴계 선생이 지향했던 삶은 未發인 채의 性은 일상의 생활 속에서 끊임없이 存養하고 已發인 情을 다스림에서는 삶의 현장에서 면밀하게 성찰하여 나의 人心을 버리고 나의 道心을 발휘하려 한 것이 선생의 삶과 학문과 시의 입장이었습니다. 그리고 이것을 지탱하는 힘은 우러름敬을 한결같이 붙잡아서 선생의 말처럼 혀로 밭을 갈며 살아간 성실함이었습니다.

문학과 종교는 감성에 의지하고 있어서 느낌표라는 말로 요약이 될 수 있습니다. 과학과 철학은 오성에 의지하고 있어서 물음표라는 말로 요약이 될 수 있습니다. 이 둘의 세계를 인간들의 정신세계라고 할 수 있는데 이것을 인간의 이성에 의한 마침표가 이상적인 세계라고 서구의 인본주의 사상가들은 말하고 있습니다 그리고 우리들의 의사擬似 인본주의자들도 이 말에 박수를 보내고 있습니다. 이런 경망스러운 사고방식에서 본래 유기체로 있어야 할 자연이라는 물질세계와 인간의 정신세계가 단절되고 말았습니다. 그러나 주역의 사상에 뿌리를 하고 있는 동양의 사상인 유학은 이 둘의 질서와 조화를 추구하는 생명세계라고 할 수 있습니다. 퇴계의 천인합일로의 우주관은 이 생명세계에 뿌리를 두고 출발한 것입니다.

퇴계 철학의 꽃이라는 성학십도의 제 1도인 태극도와 2도인 서명도는 이 생명의 단계적 조화와 질서를 말하고 있습니다. 이 생명세계의 질서를 이끌어 가는 힘을 퇴계는 心과 敬이라는 말로 요약하고 있습니다. 결국 사람의 마음이 중심이 되어 물질세계와 정신세계의 조화를 가꾸어 가는 것이 생명의 세계입니다.

퇴계 철학의 심과 경의 문제를 중심으로 다루는 곳이 제 6도 심통성정도와 9도인 경재잠도입니다. 敬이란 마음이 제자리에서 온전히 깨어있는 상태를 말하는 것입니다. 이 우러름의 마음이 깨어있을 때 하나에 주력하고 엉뚱한 곳으로 가지 아니합니다. 이 때의 마음은 일상의 마음이 아니라 천부적이고 순수한 본래의 마음자리를 말하는 것입니다. 이런 본래 마음의 훈련이 성숙될 때 이 시대 새로운 신으로 등장하고 있는 資本이라는 물신의 노예가 되어 있는 사람의 욕망과 성정을 절제함으로 다스릴 수 있을 것입니다. 퇴계가 말하는 생명의 세계란 사람과 자연이 만나고 있는 현상계입니다. 예컨대 본래의 마음인 천성을 간직한 경으로 부부의 예를 갖추고, 경으로 정치를 하고, 경의 마음으로 물건을 만들고 팔며, 경의 마음으로 자연과 사람을 대하는 것입니다. 이 본래의 자리인 心을 잃지 않고, 敬을 유지할 때 생명의 세계를 만날 수 있다고 퇴계는 말하고 있습니다. 이런 이상적인 사람됨을 유학은 聖人이라 합니다. 그러므로 성학십도는 위에서 말씀드린 것처럼 제왕의 학이면서 여기에만 멈추지 않고 생명의 세계를 지향하는 휴머니즘을 제시하는 앎과 삶의 철학인 것입니다.

이런 퇴계의 앎과 삶을 생각하면서 필자는 제 1부 '도산서원 가는 길'에서는 내 생각이 모래처럼 허물어져 내가 나를 주체하기 어려웠을 때 뒤로 흐르는 물 퇴계를 찾아 떠나고 만나기까지의 내 혼의 흔들림을, 제 2부 '신·성학십도'의 시들은 초창기 기독교와 성리학을 알았던 교계의 지도자들이 천진암에서 새벽이면 일어나 성서와 퇴계의 성학십도 중 제 9도인 경재잠도와 제 10도인 숙흥야매잠을 외웠던 일을 생각하면서 성리학의 요체要諦인 성학십도를 필자의 삶에 체질화되어 있는 기독교적 삶의 관점에서 접근하여 본 것입니다. 형식상의 특징은 제 3도인 소학도는 각 연을 7행으로, 경재잠은 5행으로 연을 구별하였습니다. 이것은 소학은 하늘의 길인 日月과 땅의 길인 火水木金土의 조화를 아이들 때로부터 가르쳐야 함의 중요성을 생각함에서이고, 제 9도인 경재잠은 내가 힘을 얻고 있는 땅의 요소인 5원소, 즉 水木火金이 土를 중심으로 순환하는 질서를 통하여 자연과 사람의 더불어 감의 조화를 나타낸 것입니다. 그리고 나머지 8도는 주역의 64괘를 이루는 대성괘처럼 6행을 한 연으로 하는 연작을 원칙으로 하였습니다. 제 3부 '學林 마을의 四季'는 퇴계 선생의 학문의 바탕을 이루고 있는 도산서원과 퇴계(토계)의 물길과 그 흐름이 중심이 된 상계의 종택宗宅, 건지산 중심의 선생의 유택幽宅, 그리고 온혜리에 있는 선생의 태실인 노송정老松亭까지의 나의 느낌과 風光을 포함

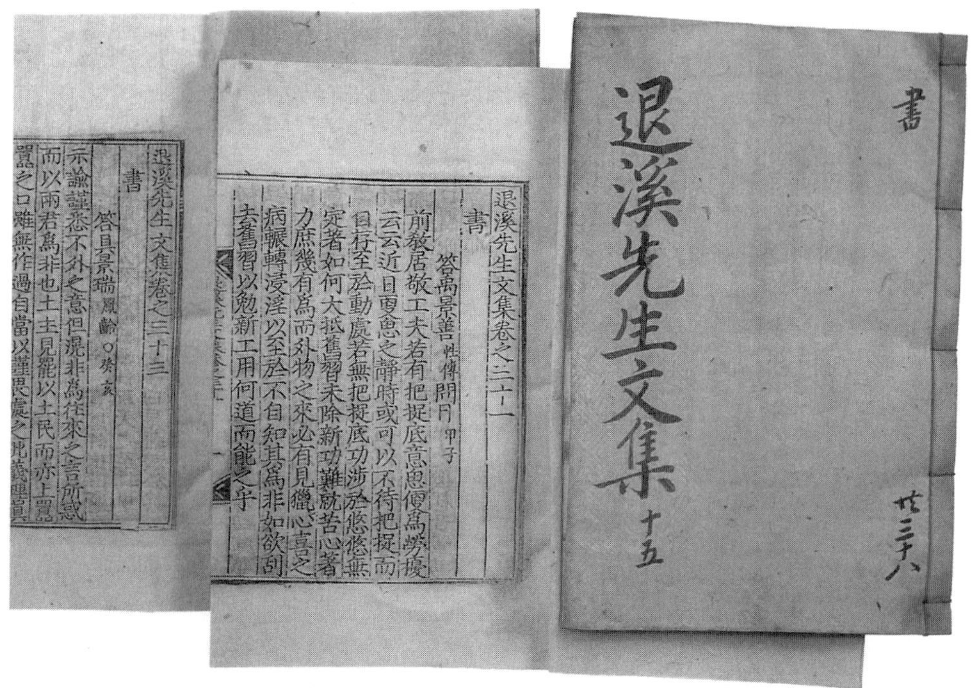

하고 있습니다. 제 4부 '생각의 집'의 시편들은 90년에 발간된 바가 있는 필자의 "퇴계 평전"의 시들 중에서 典故에 의하여 바로잡고 개작하여 쓴 작품들입니다.

제 5부 '혼천의渾天儀'는 선생이 본 우주관에 나의 상상을 더하여 시로 써 본 것입니다. 여기에 사건을 위주로 쓴 '빈방을 지키는 아내'라는 시와 '反哺의 한 길' 외 몇 편을 더 실었습니다. 특히 위의 두 시는 60년대부터 분단의 이 나라에서 눈에 보이는 치적만을 추구한 군대식 물량추구에의 결과가 지금의 교육 부재와 가정의 파탄과 스승과 제자, 부모와 자식 사이의 황폐화를 초래하였고 그 필연의 결과는 이혼율이 세계 4위라는 아픔을 가져오게 되었습니다. 이런 현실의 문제를 퇴계는 예측이라도 한 듯 부

부가 됨의 깊고 바른 처방을 써서 부부 사이가 소원한 사랑하는 제자에게 부부의 관계를 회복시켜 가정을 지키게 한 선생의 정성 어린 서찰과, 이런 선생의 학행일치의 삶을 흠모한 한 대장장이의 비문을 인용하여 쓴 것입니다. 또한 주역공부에 능통하고 혼천의를 만들어 선생에게 올렸던 艮齋 이덕홍이 선생을 추모하는 祭文을 5부의 서시 형태로 올렸고 마지막으로 퇴계를 기린 많은 선생 추모의 언행록 중에서 오늘의 퇴계학파라는 學統이 정립되기까지 심혈을 기울인 월천 조목 선생의 '퇴계 선생의 언행록'을 옮겨 두었습니다. 많은 언행록에서 하나를 선택한 것은 나의 좁은 소견에 의한 결정이었고 또한 월천이 쓴 선생의 언행록 전부를 싣지 아니하고 발췌하여 실었는데, 어떤 곳은 본문에서 상당히 멀어진 의역도 하였음을 밝혀둡니다. 이것은 시라는 성격상 불가피한 일이었으므로 독자들의 넓은 아량을 바랄 뿐입니다. 그렇지만 나름대로 그런 선택의 변명을 한다면 필자는 가난 속에서도 83세까지 도산서원을 지키면서 떠나지 않았던 月川 趙士敬의 삶의 단정함을 우러러보며 그 얼을 내 속에 한 번 살려보려는 그리움도 깔려있습니다. 필자가 단편적으로 알고 있는 형편이지만 월천의 삶 또한 『됨』과 『모심』에서 출발하여 『우러름』과 『다움』의 퇴계와 같은 삶이었기 때문에 그가 쓴 스승에 대한 言行錄이 퇴계의 삶을 좀더 가까이에서 바르게 보고 깊이 관찰했을 것이라는 나의 생각도 깔려 있었음을 말씀드려둡니다.

■ 참고 문헌

퇴계학(1~12), 안동대학 동양학 연구소 · 퇴계학연구 논총(1~10) 경
북대학교 퇴계연구소 · 국역 퇴계전서(1~7) 퇴계학 연구원 · 퇴계서 집
성(1~5), 권오봉 편저, 포항공과대학교 · 퇴계 평전, 정순목, 지식산업
사 · 퇴계 정전, 정순목, 지식산업사 · 예던 길, 권오봉, 우신출판사 ·
퇴계의 삶과 철학, 금장태, 서울대학교 · 성학십도와 퇴계철학의 구조,
금장태, 서울대학교 · 퇴계학파와 理철학의 전개, 금장태, 서울대학교 ·
퇴계시 역주, 이가원, 정음사 · 퇴계 이황, 신귀현, 예문서관 · 성학십
도, 이광호, 홍익출판사 · 가을밤 밝은 달처럼, 권오봉, 동인기획 · 성학
과 경, 조남국 편역, 양영각 · 퇴계 마을의 노래, 이장우 역주, 지식산업
사 · 하늘은 말이 없고 도는 형상이 없다, 퇴계학술원 · 퇴계 철학을 어
떻게 볼 것인가, 윤천근, 온누리 · 퇴계의 사상과 그 현대적 의미, 김형
효 외, 정신문화원 · 퇴계의 생애와 학문, 이상은, 예문서관 · 퇴계 소
전, 정비석, 퇴계학 연구원 · 퇴계 일화선, 정비석, 퇴계학 연구원 · 도산
서원과 현판, 권영한, 한빛 · 퇴계 선생과 도산서원, 윤천근, 지식산업
사 · 퇴계학파의 사상 ⅠⅡ, 금장태, 집문당 · 퇴계철학의 연구, 윤사순
고려대학교 출판부 · 이퇴계와 敬의 철학, 이기동 외 역, 신구문화사 · 퇴
계 심리학, 한덕웅, 성균관대학교 출판부 · 퇴계학과 남명학, 경북대 퇴
계연구소 경상대 남명학 연구소, 지식산업사 · 퇴계 율곡 철학의 비교 연
구, 서용화, 학연문화사 · 퇴계 선집, 윤사순 역주, 현암사 · 이퇴계의 실
행유학, 권오봉, 학사원 · 퇴계 문하 6철의 삶과 사상, 경북대 퇴계연구
소, 예문서관 · 퇴계 이황, 예문동양사상연구회, 예문서관 · 퇴계 이황은
어떻게 살았는가, 윤천근, 너름터 · 퇴계와 고봉 편지를 쓰다, 김영두 옮
김, 소나무 · 기타, 眞脈 · 퇴계학회지 등

주역 선해, 탄허 스님, 교림사 · 성리대전(천 · 지 · 인), 이화출판사 ·
공자사상의 발견, 윤사순 외, 민음사 · 유학사상과 종교사상, 금장태, 서
울대학교 · 대산 주역강해 上 · 下, 대유학당 · 중국철학과 예술정신, 조

민환, 예문서관 · 티베트의 지혜, 오진탁 역, 민음사 · 푸른 바위에 새긴
글, 김흥호, 도서출판 솔 · 양명학 공부 1 · 2 · 3, 김흥호, 도서출판 솔 ·
논쟁으로 보는 한국철학, 한국철학사상연구회, 예문서관 · 서원(화보),
열화당 · 도산서원(화보), 한길사 · 퇴계 이황(서예), 예술의 전당
본문 사진 – 황헌만